精美诗歌最新读本

主编 杨守森 耿占春

山东友谊出版社

目录

中国卷

目录

外国卷

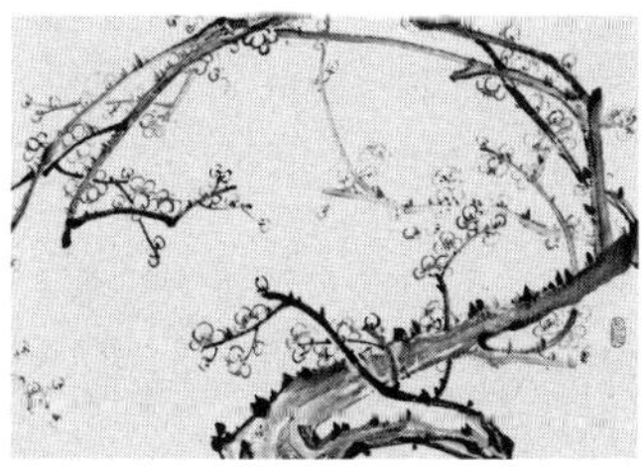

中国卷

秋晚的江上

刘大白

归巢的鸟儿，
尽管是倦了，
还驮着斜阳回去。

双翅一翻，
把斜阳掉在江上；
头白的芦苇，
也妆成一瞬的红颜了。

刘大白是中国新诗最早的积极倡导者之一，早在五四运动之前，他就已开始用白话写诗了，其常为文学史家们称道的代表作有《红色的新年》《卖布谣》等等。但真正从诗的角度来看，其最为精美之作大概还要数这首《秋晚的江上》。在《红色的新年》《卖布谣》等诗作中，作者对“不公！”“不平！”，“夺布充公”“押人太凶”之类社会黑暗现象的揭露与控诉，虽极具现实意义，但因文字毕竟太过直白，意蕴太过简陋，而导致了诗味的贫弱与寡淡。《秋晚的江上》则大不同了，在这首诗中，作者以凌空高蹈的视角，敏锐地捕捉到了悄然发生于暮晚秋江上的动人一幕：倦鸟归巢，背驮斜阳，忽又抖落斜阳于江水之中。诗人以清秀优美的语言，描绘出的是一幅超迈旷远、奇异瑰丽，而又令人心醉神往的“倦鸟归巢图”，创造出的是一种意趣丛生、情味绵绵、耐人咀嚼的诗意境界。

秋空碧彻，倦鸟归巢，背驮斜阳，凌江飞渡，小诗第一节创造的意象，就气势非凡，就诱人瞩目，就叫人生出这样的遐思：那鸟儿，尽管是倦了，但在归巢的时候，为什么还要尽力“驮着斜阳回去”呢？是不忍将太阳孤单地留在夜色中吗？是渴望与太阳日夜厮守，不肯有须臾的离别吗？是害怕黑暗的夜色，而向往永远与光明为伴吗？仅凭可以诱发的这些遐思，作品的第一节，已可谓一首独立完美的小诗了。

但诗人并没有就此收笔，而是意绪荡开，继而写道：鸟儿“双翅一翻，把斜阳掉在江上”。进而叫人联想到的是：驮着太阳归巢的鸟儿，似乎生出悔意，忽又意识到：太阳，是“江”的太阳，是“芦苇”的太阳，是宇宙万物的太阳，而不应是自己的太阳。看那“头白的芦苇”，不正是因为阳光的照耀，返老还童，满面红颜了吗？鸟儿俯首回顾的时候，想必也一定会为自己的及时悔悟而自得。于是，在一首寥寥数语的小诗中，不仅以“倦鸟驮着斜阳”的壮阔意象动人心弦，更以鸟儿的心灵波澜、事件的转折起伏，增加了诗境的意蕴与张力。

在这首小诗中出现的“倦鸟”“斜阳”“头白的芦苇”等等，均系生机疲弱之象，而收句于“红颜”，又给人生机勃发之感。这“红颜”，尽管只不过是“一瞬”，但因“头白”与“红颜”的强烈对比，这“一瞬”，又是辉映天地的、波澜壮阔的、激动人心的，是增加了世界之美丽的。但可惜的是，对于芦苇而言，这“一瞬”，不过是得益于“阳光”之“妆”啊，更不过是得益于把斜阳抖落在江上的“归鸟”啊！故而在这“红颜”中，似乎又让人隐约感到了芦苇的几分羞赧。在这仿佛自然天成、并不经意的收句中，竟也隐含着这样的人生启迪，这无疑又进一步拓展丰富了这首小诗的意蕴空间。

（杨守森）

竹

刘延陵

几千竿竹子
拥挤着立在一方田里，
碧青的，
鲜绿的，——
这是生命底光，
青春底吻所留的润泽呀。

他们自自在在地随风摇摆着，
轻轻巧巧地互相安慰抚摩着，
各把肩上一片片日光
相与推让移卸着。
这不又是从和谐的生活里
流出来的无声的音乐么？

在中国人的文化喻象中，竹得“君子”之美誉，常为画家所绘，诗人所咏。画史上，以画竹成为旷世名家的即有宋代的

文与可、清代的郑板桥等人；诗史上，为人称道的颂竹名句即有“不学蒲柳凋，贞心常自保”（李白），“寒天草木黄落尽，犹自青青君始知”（岑参），“不随天艳争春色，独守孤贞待岁寒”（王禹偁），“千磨万击还坚劲，任尔东西南北风”（郑板桥）等等。但在中国传统诗画中，竹子备受推重，多取其刚健不屈、高风亮节之意，而在刘延陵笔下，我们看到的则是诗人经由独特细致的观察而体悟到的自己的“胸中之竹”。这是一片氤氲着青春活力之竹，一片洋溢着人间温情之竹，一片流溢着宇宙精神之竹。

竹之特征，固可见“犹自青青”“孤贞傲寒”之类，而诗人首先着笔的则是：“几千竿竹子 / 拥挤着立在一方田里”。这开篇一句，看似平淡无奇，实乃诗人造境取意之本。诗人以“拥挤”二字，不仅展现了竹林生机勃发、纷繁茂盛之象，更为重要的是，捕捉到了全诗高妙境界创造的契机。在一般人心目中，“拥挤”，尤其是处于生命勃发之期的“拥挤”，本是极易萌生隐忧的。在人类的现实生活中，龃龉与争斗，阴谋与暗算，巧取与豪夺，便常常是与这“拥挤”有关。而诗人让我们看到的则是：竹子们虽然“拥挤”，但不是相侵相扰，而是“轻轻巧巧地互相安慰抚摩着”。且“各把肩上一片片日光”，相与推让着；“相与推让”之不可，则径直“移卸”着。诗人就是这样，透过本系堪忧的“拥挤”，出人意料地展现出一幅生命个体之间赤诚关爱的美好图景，而这，不正是庄子所向往的“不争不待”的人类生存理想吗？不正是老子所礼赞的“利而不害”的宇宙大道之缩影吗？

在语言方面，诗人亦精心锤炼。以“青春底吻所留的润泽”状竹色之“碧青”与“鲜绿”，既写出了竹子们青春靓丽的“生命之光”，又写出了其鲜润可感的“生命湿度”；“轻轻巧巧地互相安慰抚摩着”一语，既写出了竹子们女性般的温柔与细腻，又可见其相互之间的情真意切；日光原本普照竹茎、竹叶，而诗人让我们注目的则是竹子们“肩上的日光”，这不仅强化了竹子的人格特征，亦使原本无形体的“日光”具有了形体感与重量感，并进而使竹子们的“相与推让”与“移卸”更为真切生动，也更显珍贵。

作为中国现代诗歌史上的第一代白话诗人，刘延陵的作品不是很多，诗名似也不高，但仅凭这样一首语言精到、流溢着人间情怀，且达到了很高宇宙精神境界的《竹》，诗人就足可以在中国现代诗歌史上居一席之地了。

（杨守森）

老头子和小孩子

傅斯年

这是十五年前的经历，现在想起，恰似梦景一般。

三日的雨，
接着一日的晴。
到处的蛙鸣，
野外的绿烟儿蒙蒙腾腾；
远远树上的“知了”声；
近旁草底的“蛐蛐”声；
溪边的流水花浪花浪；
柳叶上的风声霹雳霹雳；
高粱叶上的风声沙刺沙刺；
一组天然的音乐，到人身上，化成一阵浅凉。
野草儿的香，
野花儿的香，
水儿的香，
团团地钻进鼻去，顿觉得此身也在空中荡漾。
这一幅水接天连、晴霭照映的画图里，

只见得一个六七十岁的老头子，
和一个八九岁的孩子，
立在河崖堤上。
仿佛这世界是他俩人的模样。

傅斯年，是中国现代史上一位卓有影响的文化名人。早在五四运动时期，他就是著名的学生领袖，曾经担任过学生游行总指挥，风云一时。但大概很少有人知晓，年轻时的傅斯年，不仅是一位时代弄潮儿，还是一位情感细腻的诗人。这首发表于1919年《新潮》月刊1卷3号上的《老头子和小孩子》，就写得别有韵致，即与某些以诗为业的名家的名作相比，恐也毫不逊色。

相信读过此诗的读者，都会对诗中的画面留下难以忘怀的印象：一位六七十岁的老人，与一个八九岁的孩子，站在河岸上领略夏日雨后的田园风景。据作者诗前的附记可知，诗中的这一画面，是作者对自己童年时代生活的回忆，其中的老人，应当是作者祖父的影像。这首诗的妙处在于：其一，以鲜活的笔墨，将久雨新晴之后的田园景致，以及作者的欣悦之情，表达得丰沛充盈、自然天成。那蛙鸣，那蝉叫，那蒙蒙腾腾的绿烟，那树叶上、高粱叶上的风声，那给人浅凉的“天然的音乐”，都令人感同身受。读着此诗，会不自觉地化为诗中人物，与这一老一小一同站在了河堤上，而陶醉于眼前的自然景物之中。其二，诗中虽无一字涉及社会现实，但联系到诗之写作背景，不难让人体悟到，雷雨过后，那蛙鸣蝉叫的“天然音乐”，那孕育着生机的“蒙蒙腾腾的绿烟”，不正是作者所期望的“五四”浪潮能够席卷出来的自由新天地吗？其三，作者于“雨后晴空”之象中，又隐含进了对某种人生境界的向往。由诗之结句“仿佛这世界是他俩人的模样”可以联想到，在作者的记忆中，一直关爱着自己成长的祖父，虽已年迈，却似乎仍像雨后的晴空那样，保持着旺盛的青春活力。由此而唤起的作者的意绪是：自己，更应如当年随祖父感受过的生机勃勃的田野那样，在“晴霭照映”的时代大潮中，奏出人生的美妙乐章。读者又正可从这超逸境界中，得到人生的滋育与启迪。其四，句式参差，语言平白，乡土化、口语化，却又诗味浓郁，读来亦朗朗上口。虽然傅斯年所作新诗不过寥寥数首，但仅由此作即可知，作者是深得白话新诗之韵致的。

（杨守森）

和平的春里

康白情

遍江北底野色都绿了。
柳也绿了。
麦子也绿了。
细草也绿了。
水也绿了。
鸭尾巴也绿了。
茅屋盖上也绿了。
穷人底饿眼儿也绿了。
和平的春里远燃着几团野火。

康白情，字鸿章，原名树嘉，四川安岳人，“五四”时期的重要诗人与评论家，中国白话诗的开拓者之一。他的诗，不拘体式，自由活泼，却又极强调“诗的精神”。其诗歌成就恰如胡适所言：“白情只是自由吐出心里的东西，他无意于创造而创造了，无心于解放而解放的成绩最大。”此言不虚！但纵观康白情的诗作，其成在“自由”败亦在“自由”。他的诗，

意象大多比较松散，唯有这首《和平的春里》，以一“绿”字贯穿始终，意象绵密多致，意境凝重饱满，堪称中国现代新诗史上不可多得的佳作之一。

全诗共九句，竟连用了八个“绿”字，使整首诗如中国传统的水墨大写意一般自然流畅，如一笔笔浓重狂肆的绿墨蔓延无际。全诗中的八个“绿”字，虽内在意绪判然有别，却又一气贯通，形散而神聚。前七个“绿”字，与诗题中“和平的春”相应，描绘出了一幅生机勃勃、令人欣悦的自然春光图。而第八个“穷人底饿眼儿也绿了”之“绿”中，透露出来的则是诗人对未来的莫名的忧虑和不祥预感。表面看来，“穷人底饿眼儿也绿了”之语，使诗中的欣悦恬适一变而为狂躁不安，一下子撕破了前面精心营构的春景，似给人断裂与突兀感。但却正是这断裂与突兀，使明媚宁静的自然春景与飘忽可怖的社会危机之间形成了强烈对比，令人震撼地表达了诗人对当时的社会现实、对国家前途与民族命运的不安，从而加强了这首诗意蕴的沉郁与凝重。

诗中值得称道的还有最后的结句：“和平的春里远燃着几团野火。”诗人以“野火”进一步暗示了那未知的潜在危机，进一步强化了诗人心中的忧虑。这“野火”，显然即“穷人底饿眼”之隐喻。诗人忧虑的是，“穷人底饿眼”中闪烁的“野火”，将有可能把“和平的春”烧成动荡的“春”、愤怒的“春”、流血的“春”。这首诗的重要价值在于，虽短短数语，却为中国现代历史留下了一幅令人惊心动魄的缩影。

（王寿鑫）

农家杂诗

何植三

一

新豆收了；

自家做一板豆腐，

煎的煮的吃个畅快。

二

田事忙了；

去也是月，

回也是月。

三

正月初五还是游戏的日子；

他敲软了稻草，

又在檐下做草鞋了。

四

春天里养了许多蚕；

夏日来到，
破衣又露出伊的大奶奶。

五

新粟收了；
煮了一镬粟米的饭，
一碗一碗地分送邻人。

六

夜很深了，
伊还纺着纱呢，
丈夫的鼾声
和纺机的机声互相应和。

何植三是一位被历史遗忘的诗人，至今在中国文学界仍不太为人所知。何植三的诗作不多，仅于1929年出版过一本诗集《农家的草紫》。但这位出生于浙江诸暨农村，早在“五四”时期即走上诗坛的诗人，不仅有着自己明确的诗艺追求，其作品，也因浓郁的乡土气息、生机盎然的情趣、恬淡优美的意境，深为当时的读者所喜爱，并得到过周作人、朱自清等人的高度评价。

这首《农家杂诗》就写得情味绵绵、真切动人。在这首诗中，诗人精心选取了农家生活的几个富有特征的侧面，以简洁的语言、巧妙的构思，历历在目地展现了20世纪初叶中国乡村的芸芸世相、风物人情，由衷地表达了对以农民为代表的中华民族人民的美好情操的赞美，以及对纯朴恬淡的人间生活的诗意向往。

中国农民是艰辛的，终日田间劳作，但作者对此没有多少正面展现，而是用“去也是月，/回也是月”进行了高妙的诗意概括。正是透过这八个字，读者不仅可以想象出中国农民披星戴月的忙碌，也会感受到诗人发自内心的对劳动者的赞叹之情。中国农民是勤劳的，春节刚过，本应是游戏的日子，而那位农民，“敲软了稻草，/又在檐下做草鞋了。”作者笔下的这位农民，不正是吃苦耐劳的中华民族的象征吗？

作者笔下的乡村世界是贫穷的，连女人都衣不蔽体；吃一顿自做的豆腐，就是极大的享受了。但作者的着眼点显然并不在于这贫穷本身，而是在于：贫穷中的农民，依然在坚守着纯朴的人性；贫穷的生活中，仍不无能够给人类以精神支撑的诗意。与之相关，我们在诗中看到的是：虽然贫穷，但谁家收了新粟，仍会将煮好的饭，“一碗一碗地分送邻人”，让其共享丰收的喜悦；听到的是：夜深人静了，妻子的纺纱声，与疲累入睡的丈夫的鼾声，应和成一支小夜曲，在村街上回荡。

读着这首诗，我们不能不生出这样的感想：与富足生活中的尔虞我诈、人情冷漠、浑浑噩噩、纷扰喧嚣相比，这贫穷中的相互关爱，贫穷中的劳作奋斗，贫穷中的平静恬适，不是更值得留恋与向往吗？

（杨守森）

外国士兵之墓

穆木天

没有人给你来送一朵鲜花，
没有人向你来把泪洒，
你远征越过了万里重洋，
现在你只落了一堆黄沙。

你的将军现在也许在晚宴，
也许拥着美姬们在狂欢，
谁会忆起这异国里的荒墓？
只有北风在同你留恋。

故国里也许有你的母亲，
白发苍苍，在街头行乞，
可是在猩红的英雄梦里，
有谁想过这样的母亲和儿子。

现在，到了北风的夜里，
你是不是后悔曾经来杀人？

那边呢，是杂花绚烂的世界，

你这里，是没人扫问的枯坟。

“一将功成万骨枯。”自古以来，多少默默无闻、命如草芥的士兵们的牺牲才换回来某一将帅的伟大业绩。但当人们为功成名就的将帅喝彩时，又有几人还记得曾为此而付出了生命的士兵们。穆木天的这首《外国士兵之墓》，其动人心弦之处正在于：以强烈的对比手法、巨大的场景反差，用一种与死者对话的方式，哀叹了一个普通的外国士兵的生命的逝去。

作为一个中国人，诗人是用中国人独特的情感方式来勾画一个个对比场景的。中国人最重视的是故土情结和骨肉亲情，在中国的古诗中，有多少“身在异乡为异客”的哀愁。生离尚且如此，而当生命逝去时，遗体安置在异域他乡，与家人天各一方，这在中国人心目中更是难以忍受。诗人正是以这样的情感体验，哀叹了一个生命在异域的安葬。更让人难以忍受的是，在这无名之墓悄然静立的凄冷的夜晚，功成名就的将军们可能正在抱着美姬狂欢；尚不知儿子已不在人世的白发老母，有可能是在靠行乞生存于世。诗人的联想，不能不激发读者的思考：生命的意义在哪里？这样的牺牲值得吗？战争是残酷的，杀人与被杀，对于一个平凡的生命来说，生死就在朝夕瞬间。战争当然有正义与非正义之分，但对于献身者而言，无论意义的伟大或者卑贱，都不过是世人的外在赋予，而只有生命的鲜活、人生的欢乐，才是人应当珍视的本真意义。

战争，也许是人类历史进程中必须付出的代价；而死亡，又几乎可谓战争的代名词。但诗人毕竟不同于政治家、革命家，像穆木天这样，用超脱于一切意义之外的生命本身述说生命个体的不幸，用细腻的情感体会人类华丽世界背后的悲凉，用悲凄的思绪叩问世间生命的原初意义，才决定了诗人诗作所拥有的独特价值。

（蒋楠）

扫墓

石评梅

狂风刮着一阵阵紧，
尘沙迷漫望不见人，
我独自来到荒郊外，
向垒垒的冢里，
扫这座新坟。
秋风吹得我彻骨寒，
芦花飞上我的襟肩，
一步一哽咽，缘着这静悄悄的芦滩，
望见那巍巍玉碑时，
我心更凄酸！

秋深了，荒枯遍天涯，
那回绕墓头的女萝，
一丝丝，一缕缕萎化作尘沙；
谁相信，一刹那，
一刹那白骨映落霞。

远远一线青痕是西山，
晚霞照着萧森的苇塘；
我践踏着荒草枯叶，
回转着墓碑彷徨。
将这郁郁哀情，飘浮在新坟上。

天边有飞过的雁儿哀鸣！
抬头细认，依稀是去年的故人。
飞去吧，雁，你不要俯骋，
这块白云下，埋葬了一颗可怜的心。
飞去吧！雁，你不要静听，
那一片深林里，有凄哀的哭声！

如梦，如梦，梦都空，
生命的消逝似彗星一瞬！
刹那间生病死葬，
魂飞渺茫难追寻；
常忆起纸灰飞扬中，
掩埋你僵硬的尸身！

听白杨萧瑟声音，
似你病榻辗转的呜咽！
看袅娜迎风的垂柳，
似你病后微弱的身影：
想起来往事历历犹疑梦，
谁信，荒郊外建着你的新坟！

用凄哀织成的梦境，
狂风吹断它，如烟云般无踪。
去吧！戏弄人生的命运！
你的心化成了一湾流水，
我的心僵变成几叠青峰：
静等着，地球何日化灰烬！

人生，来也空，去也空，
匆匆忙忙为了甚？
我在梦境里捕捉住一颗心，
梦去了，魂飞了，残影永留在心中，
永留在心中，直到我也走进坟茔。

我哀那垒垒冢里人，
可怜都在异乡作孤魂；
生命如泡花瞬息空，
值得谁记忆和领省！
只有你坟头供鲜花，
黄昏时还彷徨着个青衣女郎。

为什么，生命液不向玛瑙玉杯里斟，
任它滴入凋残枯萎的莲心。
偶然来去的道路上，
你种下了系人心魂的柳丝，万缕迎风；
伟大事业虽未成，

这一页哀史里，你却是多情的英雄。

那里还有遥远的路程我未走近，
我们的距离，只有这点儿路程；
不管这世界是黄沙凄风，
不管这地球是荒郊孤冢，
我要走了，在斜阳照临时，
去走我未完的路程。

花落了，墓地更幽静，
一轮秋月真凄清：
这是一幅最美的景，
这是一腔最深的情，
在这荒郊外，新坟上，
印下个袅娜人影。

狂风刮着一阵阵紧，
尘沙迷漫望不见人；
几次要归去，
又为你的孤冢泪零！
留下这颗秋心，
永伴你的坟茔。

一个秋日的黄昏，尘沙迷漫，在北京南郊荒僻无人的陶然亭墓园中，一位青衣女郎，徘徊在一座新起的坟头前，一步一哽咽，向着坟中的情

人泣诉衷肠。痴情的女郎，不相信自己的恋人竟会“一刹那白骨映落霞”。当她听到墓园中白杨的萧瑟声响时，仿佛又听到了恋人病榻辗转的呜咽；当她看到袅娜迎风的垂柳时，仿佛又看到了恋人病后微弱的身影；当她抬头望见天空飞过的依稀如故人的雁儿时，益发为恋人的永远离去而痛不欲生。孤凄的女郎，彷徨在墓旁，一直到秋月升空，仍不肯离去，在新坟上印下了袅娜人影。这就是石评梅的《扫墓》一诗呈现给我们的动人肺腑的凄婉场景。

石评梅，山西平定县人，乳名心珠，学名汝璧。因爱慕梅花之俏丽坚贞，自取笔名石评梅，是“五四”新文化开创时期的著名女诗人、女作家，她所悲悼的墓中情人是亦曾奋力投身于五四运动的著名革命活动家高君宇。生前，高君宇曾在红叶上题诗“满山秋色关不住，一片红叶寄相思”，向石评梅表白自己的爱情，但却遭到了曾经有过爱情创伤的石评梅的拒绝。直到高君宇病危时，石评梅才以心相许。而此后不久，年仅29岁的高君宇即病逝。面对恋人的猝然辞世，石评梅痛悔交加，常于孤寂凄苦中，独自往陶然亭畔的高君宇墓挥泪祭洒，并曾向友人表示“生前未能相依共处，愿死后得并葬荒丘”。在这首《扫墓》中，呈现出来的正是石评梅对高君宇的坚贞情怀。

在中国现代诗歌史上，作为悼亡之作，在真切动人方面，石评梅的这首《扫墓》，是堪与高兰的《哭亡女苏菲》相比的。与高兰的那首悼念亡女之作相同，这首诗，用语质朴无华，赤诚坦露的只是：“生命如泡花瞬息空”的哀怨，“魂飞渺茫难追寻”的无奈，“你的心化成了一湾流水，/我的心僵变成几叠青峰”的痛切，以及“留下这颗秋心”，永伴恋人坟墓的决绝。这是心灵的颤音，是滴血的泣诉，是撼天地动鬼神的人间真情。“天长地久有时尽，此恨绵绵无绝期”，在“五四”那样一个崇尚个性自由、爱情活跃的年代里，石评梅恪守的这样一种传统意味的忠贞不渝的爱情，尤为令人慨叹。实际上，无论在什么时代里，纯真无瑕的爱情，终究是为人所向往的，因而这样一首爱情诗，也必会永远放射着璀璨夺目的光芒。

（陈富霞）

残灰

朱湘

炭火发出微红的光芒，
一个老人独坐在盆旁，
这堆将要熄灭的灰烬，
在他的胸里引起悲伤——
　火灰一刻暗，
　火灰一刻亮，
　火灰暗亮着红光。

童年之内，是在这盆旁，
靠在妈妈的怀抱中央，
栗子在盆上哔吧地响，
一个，一个，她剥给儿尝——
　妈哪里去了？
　热泪满眼眶，
　盆中颤摇着红光。

到青年时，也是这盆旁，

一双人影并映上高墙，
火光的红晕与今一样，
照见他同心爱的女郎——
　竟此分手了，
　她在天那方，
　如今也对着火光？

到中年时，也是这盆旁，
白天里面辛苦了一场，
眼巴巴地望到了晚上，
才能暖着火嗑口黄汤——
　妻子不在了
　儿女自家忙，
　泪流瞧不见火光。

如今老了，还是这盆旁，
一个人伴影住在空房，
他趁着残火没有全暗，
挑起炭火来想慰凄凉——
　火终归熄了，
　屋外一声梆，
　这是起更的辰光。

在中国现代诗歌史上，朱湘有“悲情诗人”之称。不论是个人的生存体验，还是诗意的捕捉，朱湘的确都给后人留下了更敏感于人生悲剧的印象，《残灰》便正是这样一首动人肺腑的悲情之作。在这首诗中，诗人以“残灰”为契机，通过对火盆旁一位老人一生中童年、青年、中年、老年的片断描摹，用暗喻的手法，以如泣如诉的舒缓笔调，抒写了人生的不幸。残灰一时，草木一秋，人生一世，在诗人笔下，正是与生机衰弱的一暗一亮的残灰相伴，岁月在悄然流逝，人生亦随之浮沉。“残灰”，这其实正是诗人心目中死气沉沉的意象，象征的是人生的悲凉与无奈，透露出来的是生命的苦闷与孤独，表达的是诗人对人世酸辛的悲叹。

“炭火发出微红的光芒，/一个老人独坐在盆旁，/这堆将要熄灭的灰烬，/在他的胸里引起悲伤——”全诗开头几句，就将读者引入一个凄凉的境界：一个孤独的老人，与一盆将要熄灭的炭火相对。正是这将熄的炭火，引发了老人对自己一生不幸遭遇的回顾：他也曾有过幸福的童年，就是在这火盆旁，他曾享受着妈妈怀抱的温暖，吃着妈妈给剥开的栗子，但妈妈过早地去了，只留下了自己用泪眼面对盆中颤摇着的红光；青年时代，在这盆旁，他曾有过心爱的女郎相伴，但女郎竟又与他分手了，不知现在何方；中年时代，妻子亡故，儿女自忙，自己又只能是常常独自面对不曾点燃的火盆；如今老了，更是陷入了只有残灰与之相伴的孤独与凄凉。无奈的老人，唯一能做的是：趁着盆中的残灰未熄，挑起一点火光，希望给心灵一点慰藉。然而，火终于还是完全熄灭了。这熄灭的炭火，无疑也正是老人生命之火即将燃尽的征兆。

面对如此苦寂而又即将走至尽头的人生，诗人笔锋一转，写道：“屋外一声梆，这是起更的辰光。”在诗人看来，人的一生，大概也只能顺其自然了，正像周而复始的日子，一个轮回结束了，一个轮回又开始了。在茫茫红尘中，作为生命个体，不论幸与不幸，实在都是微不足道的，大化流行，世界依旧。这深隐着哲理意味的结句，不仅使诗的整体构思新颖独到，也进一步深化了诗歌的悲情境界。其中，不可言喻的无奈意绪，虽令人感伤，但同时也不无慰藉之效，可以给人超越性的生命启迪。

（陈富霞）

绿衣人

冯至

一个绿衣邮夫，
低着头儿走路，
也有时看看路旁。
他的面貌很平常。
大半安于他的生活，
不带着一点悲伤。
谁也不注意他
日日地来来往往。
但是在这疮痍满目的时代，
他手里拿着多少不幸的消息？
当他正在敲人家的门时，
谁又留神或想，
“这家人可怕的时候到了！”

《绿衣人》是冯至的早期作品，但已经达到了相当高的艺术水平。正如谢冕先生曾经指出的，冯至的早期作品，“就结

构的谨严、章法的整饬、语言的精美而言”，“历经七十年不减其典范的价值”。

“命运是灰色的”常是一些人挂在嘴边的至理名言，但是在这里，诗人却对命运进行了另外的一番解释，给命运涂抹上了另一种色调：绿色。但是这种绿色却是十分复杂多义的。绿色是一种十分鲜亮的颜色，是生命活力延续的象征，也可以说绿色是生命的代名词。但是，就是这穿着绿色外套的命运使者，他带来的却又常常是死神的问讯，绿色的命运外衣下紧裹着的是令人恐惧的枯萎的灰色，其中的对比不能不让人感到震撼。

事实上，在满目疮痍的时代，人们对生命是冷漠和麻木的，“死亡”这个可怕的词汇已不能再引起人们的兴趣和关注。这一秒人们可能还活在世界上，可不知道下一秒是不是就到了另外的一个世界。不幸的消息太多了，人们不知道悲伤何时会降临到自己的头上，甚至对死亡也习以为常了。在一定意义上，诗中的“绿衣邮夫”具有“命运信使”的象征意味，已在相当程度上符号化了，他不仅仅是指现实生活中的“邮夫”，而且象征了当时很多人的无奈心态。

与现代主义诗歌中形式考究、技巧繁复、意蕴艰深乃至晦涩的那一类作品相比较，冯至的这类诗歌可说是清澈明亮、朴实无华，但却又深涉时代的悲怆与人类内心深处的惶恐。诗人用极其冷静客观的笔调揭示了那个时代的冷酷现实、人们对生命的无奈和麻木，也表达了对某种渊深莫测的存在的惊怵绝望、茫然若失，以及对无所不在的命运之谜的敬畏。故而至今读来，仍能给予我们强烈的心灵震撼。

（梁兆卫）

太阳

艾青

从远古的墓茔
从黑暗的年代
从人类死亡之流的那边
震惊沉睡的山脉
若火轮飞旋于沙丘之上
太阳向我滚来……

它以难遮掩的光芒
使生命呼吸
使高树繁枝向它舞蹈
使河流带着狂歌奔向它去

当它来时，我听见
冬蛰的虫蛹转动于地下
群众在旷场上高声说话
城市从远方
用电力与钢铁召唤它

于是我的心胸
被火焰之手撕开
陈腐的灵魂
搁弃在河畔
我乃有对于人类再生之确信

艾青的这首诗，写于抗日战争爆发的1937年。此时，中华民族正处于危亡关头，但英勇的中国人民，并没有屈从于日军的铁蹄，一直在浴血奋战，并坚信胜利必将到来，一个光明自由的新中国必将在血火中诞生。《太阳》概括的就是这一历史态势，其中涌动着的就是这样一种昂扬激越的情感。

诗人以雄迈的笔力，这样描写了太阳的形象：从远古的墓茔出发，穿过了黑暗年代与死亡之流，惊醒了沉睡的山脉，像一巨大的火轮，“向我滚来”。在这儿，诗人以一个“滚”字，不仅写出了太阳的壮阔气势，同时也表明，不论有多少艰难险阻，不论黑暗怎样漫长，太阳是不可阻挡的。太阳，就是带着自己创造光明与生命的巨大历史使命感，从远古一直“滚”到了现在。太阳来了，树枝随之舞蹈，河流随之欢唱，虫蛹随之转动，群众随之聚满了广场，整个世界立即充满了生机。在这样的太阳面前，邪恶将无处藏身，黑暗将无处逃遁。诗人甚至感到，连自己的心胸，也随之被火焰之手撕开，陈腐的灵魂将被搁弃。于是，诗人进一步确信，人类必会再生。诗人在结尾一段中用的那个“撕”字，恰与前面那个“滚”字相呼应，真切而又痛快淋漓地写出了自己面对滚滚而来的太阳时的激动难抑的心情，也进一步强化了太阳的震撼力。

太阳意象，在艾青的诗歌里频频出现，仅以诗题来看，就有《向太阳》《给太阳》《太阳的话》等等。在人类的宗教信仰中，太阳（或光）拥有巨大的“生命力”，这种力能够突破生死阻隔，能够保证生命状态的转换，最终抵达永恒。艾青这首诗中的太阳意象，当然与宗教无关，但却不难体味到一种与宗教相通的太阳崇拜意识。而又正是这种意识，使这首诗中既有渴望民族得以拯救的时代责任感，又不无超越时代的更为宏阔的生命意识。

（张福永）

风景

辛笛

列车轧在中国的肋骨上
一节接着一节社会问题
比邻而居的是茅屋和田野间的坟
生活距离终点这样近
夏天的土地绿得丰饶自然
兵士的新装黄得旧褪凄惨
惯爱想一路来行过的地方
说不出生疏却是一般的黯淡
瘦的耕牛和更瘦的人
都是病，不是风景！

辛笛，原名王馨迪，江苏淮安人，九叶诗派著名诗人之一。“风景”，在人们的心目中，常常是与美联系在一起的，而辛笛的这首《风景》，却分明是一幅旧中国的惨状图，这幅惨状图的特征可用一个字来形容——瘦。诗人正是以“瘦”作为其诗中形象的主体特征的。在这幅风景画中，不仅有“瘦的耕牛

和更瘦的人”，就连列车运行的钢轨，看上去也像是令人触目惊心的“肋骨”。由于瘦弱濒临死亡，故而生活在这幅惨景中的人们，“生活距离终点这样近”，恰如“比邻而居的是茅屋和田野间的坟”。诗人正是通过这类意象的选择与营构，将旧中国的贫困与羸弱表现得淋漓尽致。

诗人还将夏天的美丽富饶和士兵黄旧的衣装进行了对比，进而衬托出了当时社会的惨状。即使是丰收的年景，种地的仍然吃不饱肚子，穿军装打仗的也仍然是在饥寒交迫中苟且度日。这个世界似乎已经与温饱绝缘，更别说其他方面的什么美满与幸福了。这“风景”，当然也已全然丧失了“风景”的意义，透过诗人悲凄的诗行，只有酸辛与无奈在心头荡漾。诗人仿佛也控制不住自己的情感了，终于在诗歌的结句中愤怒地发出了撼人心魄的长叹：“都是病，不是风景！”由瘦而病，民众已处于病态，社会已处于病态，整个国家已处于病态。这就是诗人以诗笔记录下来的中国现代史上曾经有过的“风景”。

今天，我们读着辛笛的诗，除了为诗人关注祖国和人民命运的博大情怀所打动之外，更为重要的意义或许还在于，我们可以在情感深度上感受历史的苦难，以应有的忧患意识面对现实与未来。

（吕文明）

在地球上散步

纪弦

在地球上散步，
独自踽踽地，
我扬起了我的黑手杖，
并把它沉重地点在
坚而冷了的地壳上，
让那边栖息着的人们
可以听见一声微响，
因而感知了我的存在。

纪弦，原名路逾，笔名路易士，台湾现代诗运动的开创性人物之一，在台湾当代诗坛中，有“一颗永不落的太阳”之誉。纪弦的诗，内容充实丰盈，富于哲理，这首《在地球上散步》亦不例外。全诗虽不到七十个字，却将诗人的孤独感以及对人与人之间关系的思考包蕴其中，显得意味深长。

一般说来，散步是一件轻松、让人心情愉悦的事情，而在诗人笔下，由于散步的支点不同，却让原本轻松的事情显得有些沉重。纵观全诗，一开篇，诗人选择了“地球”这样一个如此广阔的空间散步，却是独自一人。这般鲜明的对照，多少显得有些戏谑，却将人与人之间关系的冷漠、僵硬，活生生地表现了出来。“独自踽踽”“黑手杖”“沉重”“坚而冷”等词，都是诗人孤独迷茫心绪的写照。读到这里，读者脑海中会浮现出这样一幅画面：一个人（或者许多人，甚至整个人类）拄着“黑手杖”，在“坚而冷了的地壳上”“独自踽踽”，互不搭理……通过这般描绘，人际关系的分化、人与人的疏离感与孤独感跃然纸上。

诗人当然厌恨于这般孤独，故而才用“黑手杖”“沉重地点在”“坚而冷了的地壳上”。诗人相信，“那边栖息着的人们”，能够“听见微响”，能够感知到“我的存在”。其中表现出来的是：诗人希望叩开人与人交往的那扇门，要打破人与人之间关系的坚冰。读着这首诗，可让人想起奥克塔维奥·帕斯的《在这里》：“我在这条街上的脚步声/回荡在/另一条街上/在那里/我听见我的脚步声/在这条街上回响/在这里/只有雾才是真实的”。同样是孤独的意绪，与帕斯停留于孤寂相比，纪弦这首诗中所表达的对人与人之间相互融洽关系的向往，无疑更具动人心弦的感染力。

（赵杰）

古屋

吴奔星

苔之绿眼含住
过去的光华

寂寞的风
寂寞地来往

藻网之古井
溺毙的梦

黄鼠狼的轻捷
泄漏美的渊源

破败的窗格
曾有少女偷视行人

绿锈的古铜锁
紧封一篇世家之年谱

《古屋》是一首用有着古典趣味的意象写成的新诗。作者以诗人的想象力穿透过往岁月，解码出一段被古屋所禁闭的、难以为人体会到的情愫。

诗人从古屋外观斑驳的苔藓着手，开始了自己的情愫解码。以眼比喻苔藓之绿斑固然是因为形色上的相近，但更为重要的是这一比喻也赋予古屋一种动人的“情态”：传情本就是眉目的一大功用，而“含住”一词则更写出了情之脉脉、意之绵绵；光华的过去，则包含着一种怀旧的味道，点出了古屋的情意之所系，带有一种浓厚而惆怅的韵味。

如果说第一节诗为我们揭示了老屋情意绵绵的惆怅，那么第二节诗就是以风的意象展现了老屋的空寂和孤独。“风”的无形与自由常用来形容行为或情感的快意与洒脱，但在该首诗整体的语境之下，风的“无形”成为“空寂”的符号，风的“自由”隐喻着无所依凭、无人唱和的寂寞与孤独。风是寂寞的，其来往也是寂寞的，结合着老屋的背景，就仿佛是一个古老的魂魄痴痴恋着不肯割舍的东西，倔强地不肯散去，读来让人动容。

似乎前两节只是点染出一种景深性的情绪，真正的故事从第三节才开始，尽管这仅仅是朦胧、模糊的叙述。

“藻网之古井 / 溺毙的梦”，藻网的结于古井，写出了古屋的久无人烟，古井就带有一种“荒凉清冷”之感，而“梦”往往源自在现实中意愿的无法达成和“热情”的无处释怀。把古井这一“冷”的意象与梦这一“热”的意象以“溺毙”的结局相联结，于是古井就成了痛感与悲情的存在物。我们也不禁要问，究竟这古屋里曾经溺毙过一个怎样的梦呢？这仿佛是以倒叙的方式展开的一个情感故事。

而这之后的两节诗仿佛为我们描画了故事的轮廓。黄鼠狼在古屋中轻捷的身影，带有一种精怪和神秘的色彩，诗人说它“泄露美的渊源”，想必是源于其对古屋中曾经发生过的故事的目击，斯人斯事早已随风而去，剩下的只有空空的古屋和古屋里飘过的轻捷的身影。“破败的窗格 / 曾有少女偷视行人”，窗格是一个很有意思的意象，它一方面是与外界的隔断，另一方面又体现出一种对外界沟通的渴望，所以“窗格”同时寓示着封闭与开放。而少女透过“窗格”的“偷视”，既有接触窗外世界的好奇与渴望，又有一种未涉人世的胆怯和羞赧，不妨说这种偷视也隐约透露着躁动的怀春之情。至此，我们所期待的故事似乎已经讲完了，而诗句存留的大片空白却让我们的猜想乐此不疲地飞来飞去，我们想象着可能发生过的四目相对，两情相悦，相遇后的相爱，相爱后的相思……故事版本可以无数，但结局却只有一种——那就是前文所铺垫好的惆怅、痛感与悲情。

该诗更像是一篇带有怀旧味道的小说，故事的叙述只是稍稍开了一下头便倏然结束，布满了空白，除了隐约可见的情愫可供我们追寻。

（杜振秋）

人体素描

钟鼎文

发

寄一切的风情于发吧，
发是惯于打着旗语的青春底旗。
而我，已经是年逾四十，
在发里早有了叛逆的潜藏。
一旦这些叛徒们公然哗变，
从边陲起义，问鼎中原，
我的发将成为白色的降幡，
迎接无敌的强者之征服。

乳

圆润，匀称，
美学上永恒的焦点。
女人们代表维娜丝时代，
她们的杰作属于古典派；
男人们代表马蒂斯时代，
他们的杰作属于野兽派。

为了美学，
谁都会作明智的抉择。

臂

夫人，在你玲珑的身上，
寄生着光滑的，狡猾的蛇。
你的晚礼服不仅让你身上的蛇游出来，
而且暗示着乐园的禁果已经熟透……

脐

从殖民时代遗留下来的一口枯井，
它曾经为我们涌流过生命的活泉。
在它的断流之日，我们的生命脱颖而出，
以第一声啼哭，发表“独立宣言”。
这历史的遗迹，记下我们先天的耻辱，
显示出我们的前身，原是吸血的寄生虫。
每当我俯首默念，对着枯井忏悔，
啊，母亲！对于你，我是永恒，永恒的罪人。

脚

是谁，最先举起前面的两只脚，
在黑暗中，向繁星祈祷？
从此我们只剩下后面的两只脚，
再不能同狗和兔子赛跑。

风来雨往，春华秋实，生命的律动是诗人的沉思。在诗歌的艺术国度中，对人、对人之生命礼赞的篇章，犹若葩荣阆苑，自文明步履之初便郁然流彩。诗歌《人体素描》即为其一。

“寄一切的风情于发吧”，诗人“素描”的视角自上而下，对青春的赏悦溢于言表，因发是“打着旗语的青春底旗”。然而，作者随之转观自身，感慨年逾不惑而星然白发。“叛逆的潜藏”，为荣发转白之意；“叛徒们公然哗变”，是拟人之法。诗人巧借战争之喻——“叛徒们公然哗变，从边陲起义，问鼎中原”，精彩地描写出于岁月流转中白首加冕的过程。“我的发将成为白色的降幡”，此句颇具深味，实为岁月催人、春去颜老之慨言。

承顺视角，诗人转至女子之乳的美学维度。女子之乳美出自然，于“圆润，匀称”中成为美的“焦点”。对此，诗人对比了两性不同的审美观念:“女人”认为女子之乳应彰显维纳斯般的曲度之美，古典而优雅;“男人”则认为应如马蒂斯之绘画，浓烈而激越。“为了美学，谁都会作明智的抉择”，概言两性由审视视角的不同而引动不同的审美追求。

乳犹圆，臂若线，诗人将静态的线写活，把“夫人”之手臂比作“光滑的，狡猾的蛇”——比喻精彩而意象巧妙。臂蛇之喻，从视触两觉写出了女人手臂的润泽柔美。“蛇游出来”，“乐园的禁果已经熟透”，是赏悦之赞词，描写出游蛇手臂的女人，宛若交际之花，于举手投足间动人心魄的优美身姿。

脐本泉源，今为枯井。对母爱的深沉，诗人心中满溢感恩。而感恩之外，诗人的忏悔之情亦溢于言表：诗人自言，自己曾是消损母亲生命“吸血的寄生虫”，是“永恒的罪人”。作者观脐“俯首默念”，感恩之真诚、忏悔之深切，使诗歌境界超然而上。

与发首相对，“素描”之终定格在人的双足。“是谁，最先举起前面的两只脚，在黑暗中，向繁星祈祷？”人生天地间，实为“宇宙的精华，万物的灵长”。正是赋有宗教情怀的“祈祷”，使人有别于动物，不再苟存陆野，而开始在人类历史长河中扬舟泛波。

《人体素描》一诗，比喻巧妙，对比精彩，于引人遐思的意象之外，言辞颇具宗教色彩的点染，读来韵味深浓、境界高远。此诗作者钟鼎文，原为台湾诗坛前辈，1954 年，又曾与覃子豪、余光中等发起成立“蓝星诗社”，对台湾诗歌运动影响深巨。

（邵明法）

冬天的田野

吕荧

正像做完一天庄稼的辛苦的农人，
没头没脸地盖着大雪的被子，
冬天的田野憩憩地睡熟了。

田野的小偷——
灰褐色的田老鼠和野兔，
在太阳沉落下去的时候，
偷偷地溜出来，
在菜园和谷仓的雪路上，
留下点点的稀疏的足迹。

寒冷的田野赤裸了，
树林光秃而又凄苦，
歌唱田野的声音的小河
冻结得像一条带子，
那是一条僵直的失去了生命的冰的带子。

当黎明还没有醒来的时候，
一个别离家乡的农人，
背上背着他的孩子，
背着家乡的饥饿、寒冷，
背着一生的辛苦、悲痛和飘零；
走过田野的大路。

广大赤裸的雪的田野上，
刺骨的北风吹起来了；
他停住脚步，
伸出瘦棱棱的抖颤的手，
摸着背上的孩子；
两颗泪珠从他眼睛里流淌出来，
两颗大的热的父亲的泪珠，
田野的儿子的泪珠。

吕荧，原名何佶，安徽天长人。作为著名美学家，吕荧的诗歌作品虽然不多，也很少为人提及，但这首创作于1936年的《冬天的田野》，实在是中国百年诗歌史上的一首值得珍视之作。

诗歌第一节，诗人描述了“田野”的景象：“正像做完一天庄稼的辛苦的农人，/没头没脸地盖着大雪的被子，/冬天的田野憩憩地睡熟了。”这既是自然景物的描写，又是那个时代社会现状的隐喻。在这里，“雪”的意象不复古典诗词中的空灵与迷离，而是在宁静的氛围中透露出沉重的死亡气息。透过覆盖着大雪的田野，不由使人联想到当时中国国难当头、内忧外患的现实命运。“冬天的田野”也就是苦难中国的象征。紧接着，诗人围绕“田野”描写了一系列相关意象：“灰褐色的田老鼠和野兔”是诗中仅存的生机，但却是作为“田野的小偷”的形象出现的，只是“在太阳沉落下去的时候”，“偷偷地溜出来”。通过“田老鼠和野兔”的意象，诗人表达了对社会中一些无视国家命运而只求一己私利的人的蔑视。“树林光秃而又凄苦”，小河冻结得像“一条僵直的失去了生命的冰的带子”，这些失去生命活力的意象，进一步暗喻了当时中国的社会现实，同时也反映出诗人内心的悲痛与苍凉，营造出了一种压抑、沉闷的意境。

诗歌第四节、第五节，诗人着重塑造了“农人”的形象。“一个别离家乡的农人，/ 背上背着他的孩子，/ 背着家乡的饥饿、寒冷，/ 背着一生的辛苦、悲痛和飘零，/ 走过田野的大路。”——“农人”既可以看作是诗人自己，也可以理解为当时一批对祖国怀有诚挚情感的有志之士的象征。“他的孩子”就是对祖国新生的希望，“家乡的饥饿、寒冷”就是他们所面对的苦难现实，“一生的辛苦、悲痛和飘零”则隐喻着内心的悲怆和凄苦。最后，诗人描写了“农人”的眼泪：“两颗大的热的父亲的泪珠，/ 田野的儿子的泪珠。”这泪水中凝聚了诗人对祖国和人民最深沉的爱，也是整个民族爱国情绪的浓缩，就像另一位诗人艾青所说的那样：“为什么我的眼里常含泪水，/ 因为我对这土地爱得深沉。”

马丁·布伯认为，理想的人类关系是交往与对话的关系。审美的诗“主体间性”是“我—你”关系，而非日常功利的“我—它”主客的工具关系。在《冬天的田野》中，“农人”是“田野”的儿子，诗人的情感与国家的命运紧密融合，这样意象与意象之间、抒情主体与抒情对象之间就形成了“我—你”关系的对话与交流，使感情的流露真挚、亲切而富有感染力。

（孙伟）

校对员

马骅

我严肃地站在地球的前面
校正世界的错误

对于那些疏忽的别字
对于那些天真的不通顺的句子
我有理由给予它们宽大的原谅
但是我却一丝不苟地工作

我翻开
真理的大书册
来校对
那能为我们看到听到触到嗅到的
现实世界的大书册

我恪守校对员的庄严职责
绝不粗心、毫不留情地
把那些掩盖在墨渍之下的血腥的咒语

把那些无耻的欺骗的文字和演词
把那些危害人类命运的不可饶恕的错误
统统用红笔警惕地画出
披示给人民
使人民
马上愤怒地跃起
进行不倦的斗争

因为我是一个时代的校对员
我手上的红笔
正就是我胸腔里
闪光的良心

我严肃地站在地球的前面
校正世界的错误
因为我是热爱民主的人民
是维护真理的
进步人类的一分子

马骅，笔名莫洛，温州人。他曾积极投身革命文化活动，是中国现代诗歌史上一位有成就的诗人。《校对员》一诗，写于1946年。马骅在诗歌中始终追求以真善美为基础的“大爱”，以及诗人应有的时代责任感，正如诗人自己所说：“人的一生是在追求中度过的。”这首诗歌以很少为人注意的“校对员”为题，是富有深意的。诗人心目中的校对员，不是普通的校对员，而是社会和时代的校对员，他纠正的不是一些

写作中的错误，更重要的是要纠正时代和社会的错误。

“我严肃地站在地球的前面 / 校正世界的错误”。诗歌开头，以“严肃”二字，表明了诗人作为时代校对员的态度和对人民所负的神圣使命。为什么诗人以那么严肃的态度来纠正时代的错误呢？是因为在他的胸膛里有一颗“闪光的良心”，诗人凭着这颗闪光的良心，用手中的红笔，来做时代的评判员，做维护真理和社会进步的人类的一分子。

在这里，诗人的立场是非常坚定的，他坚定而又鲜明地站在人民的一边。这说起来简单，实际做到则需要很大的胆量和勇气。当统治者用那些漂亮的文辞来掩饰自己丑恶的罪行或进行无耻的欺骗时，当爱与真善美在不正常的岁月蒙受污垢时，那些敢于揭穿统治者“无耻的欺骗的文字和演词”的人往往会受到统治者的迫害。但一位诗人的真正使命在于能够帮助人民认清那些“美丽”的谎言，使人们奋起与之进行不倦的斗争。诗歌以“绝不粗心”和“毫不留情”写出了诗人揭穿谎言的明确而又坚决的态度，他要把“危害人类命运的不可饶恕的错误，统统用红笔警惕地画出”。这是对正义的大爱，对邪恶的大恨；是对真实的大爱，对谎言的大恨。

全诗看似平易，但却充满着诗人向往真善美的澎湃激情，读来荡人心魄。在我们的生活中，只要有无耻的欺骗、谎言、邪恶存在，这样一种勇于“校对”的激情，就仍会令我们的心灵激动。

（王振民）

盲人

杜运燮

只有我，能欣赏人类的脚步，
那无止尽的，如时间一般的匆促，
问他们往哪儿走，说就在前面，
而没有地方不听见脚步在踌躇。

成为盲人或竟是一种幸福；
在空虚与黑暗中行走不觉恐怖；
只有我，没有什么可以诱惑我，
量得出这空虚世界的尺度。

黑暗！这世界只有一个面目。
却也有人为这个面目痛哭！
只有我，能赏识手杖的智慧，
一步步为我敲出一片片乐土。
只有我，永远生活在他的恩惠里：
黑暗是我的光明，是我的路。

在20世纪40年代，“九叶派”正式亮相于中国诗坛，这一诗派打破传统的抒情方式，将西方现代主义的风格融入中国传统的现实主义诗风，追求“智性”抒情，注重现实性、抒情性、哲理性的融合。杜运燮即是“九叶派”的重要代表，他的诗歌擅长运用对比，在揭示和讽刺现实黑暗的同时表达对人类理想的渴望和坚韧追求，使感性与理性、现实主义与现代主义达到完美的融合。《盲人》就是这种风格的典型代表。

《盲人》是杜运燮有感于国统区的黑暗与腐败统治而发。诗的第一节，即用对比展现了一个盲人与正常人的不同:“只有我,能欣赏人类的脚步。”表面看来，诗人似乎是在以第一人称的肯定语气向正常人“炫耀”一个盲人的优越，然而，联系当时的背景可知，这是以现代象征手法在暗示国统区的黑暗，以及普通人心灵上的麻木与浮躁。而盲人的感受，正是诗人自己对黑暗的感受,也只有感受黑暗,才能反思人类的脚步到底在走向何方。第二小节是对盲人心态的呈现。在黑暗中行走竟不觉得是恐怖，这一方面给“幸福”提供了理由，另一方面，也更加渲染了黑暗的浓重与无法突破。第四句笔锋一转“量得出这空虚世界的尺度”，既暗含诗人对黑暗现实的控诉，也表达了走出黑暗的坚定信念。第四节则进一步强化了这种信念:当有人在面对黑暗“面目”而痛哭之时，“只有我，能赏识手杖的智慧，/一步步为我敲出一片片乐土”。在这里，“盲人”形象已成为民族希望的化身，令读者意识到，无论面临怎样的黑暗，只有像“盲人”那样，不屈地用手杖敲击着道路前行，才会从“黑暗”走向“光明”！

全诗都是以淡淡的语气在诉说，诉说盲人的所见所感、所思所想。在平淡的语气下隐藏的却是一个诗人丰富的内心世界，这颗心灵不仅感性、智慧，而且坚韧、勇敢！

（张玲玲）

猫

马逢华

（我们底大园子空有草色凄迷，你底莅止像是碧波千顷中驶来一只小帆船，完成画幅的美丽，也为我们载来了欢喜。）

有什么东西的飘坠像这样轻、软，
落地缓缓？你底步履是暮春的
花朵，你有大家闺秀的风范。

有时候却又像淘气的小姑娘，
你发愣，皱眉，为了一只蝴蝶底脱逃；
忽然又追绕着自己底尾巴捉迷藏。

阳光下你底身体像水的倾注，舒展
得那么没有保留。你困慵的姿态
也这般好看；还眯着眼，学老太婆参禅。

女性的一切美德你都拥有，
有时也像一个谜，在无邪的游戏里

毫无预告，突然抓破我底手。

有人说你是伪善，我想你是出于
疑心或顽皮，但若这样够多么好：
没有疑心，顽皮也顽皮得合理。

马逢华是中国现代文学史上新诗派的代表人物之一。中国新诗派是指20世纪40年代中后期在上海出版的《诗创造》和《中国新诗》等刊物上发表作品而逐渐形成的一个现代主义诗歌流派。中国新诗派的作品注重诗歌的现实意义和文学价值，他们在写作中努力追求现实与艺术、感性与理性的平衡美。马逢华的这首《猫》，体现的就是中国新诗派的创作特征。

在这首诗中，诗人把猫比作一个“女性”：“你底步履是暮春的花朵，你有大家闺秀的风范。”与“大家闺秀”相关，“猫”的步态是“轻”的，是“软”的，这就将猫的高傲、优美的气质尽显了出来。在诗人眼里，猫不仅有大家闺秀的气质，而且还有小姑娘的淘气和老太婆的雍容，“发愣”“皱眉”或是在阳光下“困慵”“眯着眼”。从这几节诗文可以看出，诗人将猫不同的姿态淋漓尽致地表现出来，虽然是运用拟人的修辞手法，极尽夸张与调侃，但是掩饰不住诗人对猫的喜爱，喜爱到可以任其顽皮，任其困慵。这是因为在诗人眼里猫具有一切女性的美德。

但接下来，诗人笔锋一转，出人意料地写道：“有时也像一个谜，在无邪的游戏里毫无预告，突然抓破我底手。”诗人善意的不满又将猫的缺点暴露了出来，或者我们不妨扩而大之地认为这是诗人在隐喻人的缺点。从美德到缺点，从扬到抑，全诗的转变似乎没有什么预告，这里也许隐含着诗人的不情愿，因为他无法掩盖自己的喜爱之情，可是人们的话语却也让他不知所措。“伪善”？是真的吗？“我想你是出于疑心或顽皮”，但是如果能“没有疑心，顽皮也顽皮得合理”该是多么好。从最后一节可以看出，诗人虽然还是在写猫，但是他的重点已经转到对人与人之间关系的思考上了，“伪善”与“疑心”，也许是诗人最不情愿看到的人与人之间的关系了。人与人之间，如果没有了信任与真诚，那么就只剩下冷漠与抵触了。诗人正是通过前后的抑扬对比，将诗歌的内涵提升到了更高的理性层次，增强了诗歌的文学价值和现实意义。

（杨秀敏）

老朋友聚会

梁南

我们像两棵交谈的矮树，脆薄的树皮
在风雨身上磨蹭磨蹭，……磨蹭到
像百科全书那样厚厚一层
这时，我们看见世界老了
连光润的卵石亦已穿着重复的苔衣
连老屋的石阶亦已被檐溜洞穿到底
而我们荫蔽过的榆树也被人伐倒
做成接纳各种季节的大门
摆上茶几，闲静地，我们坐在
故人栽种的荫荫一片女贞树下
彼此补充一些偶然遗漏的往事
纠正一些读记忆时显然的失真
谈过失谈遗憾谈得熟悉的人在嘴皮上成堆
无可谈时，就默默品尝对方的白发
如喝白菊花茶品茗
我知道他年轻时放过暗箭
我身上这支，未必不是他的作品

现在好了，无怨无恨
通晓人情，但却染上一身怀旧病
时而把昨天打扮得非常之时髦
时而把今天，又用叹息贬低……
我们老了，看明天的日历
也有一脸皱纹

梁南，四川峨眉人。借朋友“聚会”之事来阐释人生的情怀，仅由此诗可见，这是一位能够把生活的点滴小事都融入对生命本体感悟的情境中去的诗人。或许是因人生经历的曲折，抑或是老年人本身的特点，这首诗全篇始终回荡着一种淡淡的忧伤和忧郁，对于这样的情怀，我们也许无法给出准确的阐释和正确的定位，但却不能不为其中流露出来的有点沉重、有点苍凉，却又旷达通脱的人生意味所打动。

由诗中可知，这是两位在人生历程中关系密切又心存芥蒂的朋友，而今相聚时，都已老了。往事已有些遗漏，记忆已有些失真，谈话时也已没有了年轻人那般的亢奋与激情，而共同的感受是“世界老了”；话题中也早已没多少新意，不过重复了多少遍的故人旧事，所以，有时就免不了只是在“默默品尝对方的白发”了。

但在诗人看来，这岁月的老去、时光的流逝，也不全是悲凉与无奈。时间可以消释怨恨，可以净化一切。坐在他面前的老友，尽管年轻时放过暗箭，甚至颇堪怀疑地有可能对准过自己，而当一切都化为久远的追忆的时候，万事都已淡若云烟了。以老年人的眼光来看，那类年轻时的心机，不管出于什么理由，都实在是有点儿少不更事的顽皮意味。“现在好了，无怨无恨 / 通晓人情”。诗人还进而感悟到，世界就是这样，一切都会老去，一切都不值得过分计较，别看今天激情亢奋，“明天的日历”，也必会是“一脸皱纹”。你可以说这是一种老迈心态的颓唐，但又何尝不是一种警醒人生的睿智和一剂净化人世的妙药？只有这样，每个人才会更加珍重自己的一生，也才会更好地与他人蔼然相处。而这种睿智与妙药，是需要岁月来酿造的。

（吕文明）

边界望乡

洛夫

说着说着
我们就到了落马洲

雾正升起，我们在茫然中勒马四顾
手掌开始出汗
望远镜中扩大数十倍的乡愁
乱如风中的散发
当距离调整到令人心跳的程度
一座远山迎面飞来
把我撞成了
严重的内伤

病了病了
病得像山坡上那丛凋残的杜鹃
只剩下唯一的一朵
蹲在那块“禁止越界”的告示牌后面
咯血。而这时

一只白鹭从水田中惊起
飞越深圳
又猛然折了回来
而这时，鹧鸪以火发音

那冒烟的啼声
一句句
穿透异地三月的春寒
我被烧得双目尽赤，血脉贲张
你却竖起外衣的领子，回头问我
冷，还是
不冷？

惊蛰之后是春分
清明时节该不远了
我居然也听懂了广东的乡音
当雨水把莽莽大地
译成青色的语言
喏！你说，福田村再过去就是水围
故国的泥土，伸手可及
但我抓回来的仍是一掌冷雾

乡愁是一个我们十分熟悉的文学母题。余光中的《乡愁》、流沙河的《就是那一只蟋蟀》等，曾把这种难以用语言来传达的情思发挥得淋漓尽致。但是洛夫的这首《边界望乡》，却用冰火交融、希望与绝望两

个世界交互辉映的镜头，再度演绎了一种痛彻肺腑的思乡之情。

镜头一：火的世界。“说着说着，我们就到了落马洲。”这一句似极轻松，好像不经意地随意言谈，但又犹如暴风雨来临之前的宁静，于宁静中孕育着的是即将到来的情感宣泄的狂风骤雨。当诗人举起手中的望远镜，乡愁开始蔓延、升腾了，在风儿吹动的散发中扩散、弥漫了，甚至“手掌开始出汗”，可见这“宁静”背后的紧张，因为他自己也不知道在望远镜中的到底是火一样的希望还是冰一样的绝望。看到故乡的那一刹那，暴风雨终于来了，像火一样烤得诗人喘不过气来，就连每一个毛孔都在贲张，出汗。当焦距调到了真正的合适的程度，故乡的大山迎面飞来的时候，诗人却不知所措了，把自己也撞成了“严重的内伤”。这造成了巨大的视觉形象冲击，读者被诗人跳跃的思维和奇异的想象所震撼、所折服，这比任何无病呻吟的情感宣泄不知要有力多少倍！

镜头二：冰的世界。乡愁像火一样炙烤着诗人的内心世界，而这种煎熬也是甜蜜的，它充满了诗人的回忆和想象，是诗人的希望所在，但是冰冷的“界碑”却把这一切完全阻断了，一盆冷水浇在诗人的头上，就像掉进了冰窖一般。此时此刻，作者能够做的就是犹如啼血的杜鹃一样，只能默默地蹲在冰冷的界碑之上，望着远方的故乡啼鸣不已。近在咫尺的故国的泥土伸手可及，但是“我”抓回来的“仍是一掌冷雾”，就像一块烧红的烙铁被浇上了一盆彻骨的冰水。诗人的心重重地摔在界碑上，无奈、困惑、难过、绝望就像一张无法挣脱的天网，牢牢地把诗人罩住。其实，人不是惧怕苦难，而是恐惧没有希望和看不到光明。这种绝望和无奈，以及游子对故乡的那种深深的依恋之情，用界碑和杜鹃两个意象就非常传神地表现出来了。

这是一个冰火交融的世界，不需要太多的技巧的经营和操作，也不需要太多的渲染和夸张，只是感情的真实流露就能带给读者强烈的心理震撼。鹧鸪带来故乡的乡音，啼血杜鹃传递着诗人的无奈，火一样的希望最终被冰冷的绝望所取代，让怀有同样情思的人们痛心不已，也让读者体会到冰火两重天的重创。

（梁兆卫）

上校

痖弦

那纯粹是另一种玫瑰
自火焰中诞生
在荞麦田里他们遇见最大的会战
而他的一条腿诀别于一九四三年

他曾听到过历史和笑

什么是不朽呢
咳嗽药刮脸刀上月房租如此等等
而在妻的缝纫机的零星战斗下
他觉得唯一能俘虏他的
便是太阳

1949 年至 1953 年，痖弦曾在影视系学习，由此奠定的戏剧文学修养和舞台经验使得他的诗歌具有浓郁的戏剧性，其诗中的戏剧效果也处理得举重若轻，自然天成。另外，痖弦诗歌

中弥漫着浓浓的人生荒诞意识，《上校》就类乎这样一出独幕荒诞剧。诗人匠心独运地把宏大的战争场面、今昔交错的时空流转、主人翁——上校的心理活动等浓缩在租屋这个小小“舞台”上，通过上校的人生际遇，运用浓缩而丰富的意象，表达了现实人生命运的荒诞性。

全诗分三段。第一段展现在读者面前的是惨烈的抗日战争场面，并用浓烈鲜红的“另一种玫瑰”渲染了气氛。这里，战火中的玫瑰比喻抗日将士流的血，表现了对日寇的恨和坚强不屈的精神。上校也在战争中丢掉了一条腿，他有什么反应呢？诗人没有任何赘语，只用亦庄亦谐的“诀别”两个字就把上校抛头颅、洒热血在所不惜，断条腿算得了什么的英雄气概表现出来。

第二段只有一句话“他曾经听到过历史和笑”，却引起诗歌评论界的极大争议，争论的焦点在于对“历史”和“笑”字的理解。黄维梁和余光中从对历史否定的角度把“笑”理解为“嘲笑”，钟玲则从对历史肯定的角度把“笑”理解为“将士嘹亮的、豪情壮志的笑声”。如果以今昔对比、时空交错的戏剧效果来看，我认为“笑”是上校反思自身和历史之后的无奈嘲笑。想当日战场浴血奋战、以身报国何等荣耀，看今日穷困潦倒、一贫如洗何等悲惨，难怪历史中发出一阵阵嘲笑之声呢！

第三段其实是戏剧的开始，上校生病窝在租住的小房子里，为上月房租还没有交而发愁，听着妻子缝纫机发出的类似机枪的嗒嗒声，边思考着什么是不朽边回想起了自己曾经引以为豪的战争生涯，和曾经有过的显贵身份。今昔鲜明的对比造成了上校心理上的极大失落感，于是听到了“历史和笑”。诗人娴熟地运用蒙太奇手法，通过镜头的不断切换，展现了上校退伍后生活的孤寂、百无聊赖，以及身体的虚弱、生活的贫困。正是在这镜头转换中，人生的荒诞性不言自明了。这里，“太阳”这一意象很难理解，如果从痖弦诗歌的戏剧性来看，应该是指上校退伍后虚空无聊时“晒太阳”的“太阳”，昔日的大英雄成了太阳的“俘虏”。

“俘虏”一词道出了命运不可把握的嘲弄和人存在的可悲无奈，可以进一步激起人们对上校的深深同情。

（李芳）

斯人

昌耀

静极——谁的叹嘘

密西西比河此刻风雨，在那边攀缘而走。
地球这壁，一人无语独坐。

荷尔德林诗曰："人诗意地栖居在大地上。"对大部分现代人来说，"诗意地栖居"早已是一种奢侈，正如一首流行歌曲所唱的："为了生活，我们四处奔波。"用"疲于奔命"四个字来形容大部分现代人的狼狈不堪应当更为恰切。或许只有诗人有勇气自我放逐于现代社会之外，浪迹江湖，吟啸山林，品读星月，感悟人生。昌耀的《斯人》便是"诗意地栖居在大地上"的诗人的自画像。

《斯人》虽只有两节三行，短小如日本俳句，然意境极大，意蕴极深，将宇宙与人生的奥秘悉数解码，可谓寥寥数语，参破天机。虽然意象穿梭于地球两端广袤的空间，却被全部收纳于"斯人"的主体性之中，这正体现了孟子"万物皆备于我"

的哲学思想。首句"静极"乃是一种主观的心境。心外的世界可能飞沙走石，而你的内心却依然风平浪静，如同庄子讲的"心斋"与"坐忘"，或瑜伽的冥想与静定，是一种蹈虚守静的生存状态。在这"静极"的心境中，却又能听到"谁的叹嘘"，按照日常逻辑来理解，这当然是矛盾的。看来"叹嘘"并非世俗的现实的声响，而是一种天籁、地籁或心籁。这种转瞬即逝、恍兮惚兮的声音不是肉耳凡听所能捕捉到的。《庄子》中提到"无听之以耳而听之以心，无听之以心而听之以气"，这里的"叹嘘"，当正是"听之以气"的结果。第二节："密西西比河此刻风雨，在那边攀缘而走。/地球这壁，一人无语独坐。"空间跨度极大，表现在诗句上，却有托地球于掌中的举重若轻之感。密西西比河攀缘而走的风雨同地球这壁无语独坐的诗人本来毫无瓜葛，在诗中却被并置在一起，产生了奇妙的关联。正如同地球的南北两极，相隔虽遥，却能产生强大的磁场。而诗中的关联之所以能产生，其原因正是"斯人"的存在——在诗人的观照之下，万物唇齿相依，天人和谐共生。世界只有对诗意栖居的人而言才可能是美的，才能具有意义和价值。按照海德格尔的解释，"栖居"最能贴近存在，正因为人诗意地栖居，大地才成其为大地。而对疲于奔命的人来说，他们对大地的存在视而不见，他们成了被连根拔起的芦苇，失去了赖以生存的根基。

值得注意的是，这首诗题为"斯人"，却先从"那边"密西西比河的风雨写起，然后才回归到"这壁"无语独坐的斯人。除了对诗歌美学效果的技术考虑之外，这在存在论上也是有其道理的——海德格尔在《存在与时间》中指出，"此在就其空间性来看首先从不在这里，而是在那里"，正是通过日常的与审美的"寻视去远"活动，世界的本真存在才能向作为此在的我们揭示和敞开。在诗人的审美观照之中，万里之遥拿捏于尺寸之间，达到的正是天人合一之境界。

（段超）

秭归屈原墓

任洪渊

我不信
那芳洁的荷衣，和兰与蕙
　　缀成的华美的花环
已经被大地永远收回
埋在这座坟茔

我不信
那顶山一样崛起的峨冠
　　和腰间嵌着星月的长铗
也埋在这里，变成了泥冢的土
再没有来寻找这冠这剑的人

我不信
那以前额叩开过天庭门扉的头颅
　　再也撞不破地下死亡的门户
那双手臂，那双抱起过崦嵫山
　　匆匆落日的手臂

能平静地抱住墓上一天一天的黄昏

我不信
那上下求索的脚步，最终
　　就走到这里停在这里
那漫漫的漫漫的路的终点
　　就是回到起点，结束在故园的家门
那飘风，云霓，凤凰
　　以及为太阳驾车的羲和
载他周流四极，却载不起这一方坟土
也在这里邈远散去，踪迹难寻

我不信
那对天发出的一连一百七十多问
　　就这样被一堆泥土填满
地上给他的最后回答和最后一问
竟是这一座问也无声的坟

五千年中华文明史少不了屈原，灿烂的中国文学史少不了屈原。他的伟大之处，一是他矢志不移的爱国精神，不与奸佞小人同流合污的高尚情操；二是他用毕生的心血写成的二十多首诗歌，成为中国文学史上的瑰宝。诗人任洪渊一首《秭归屈原墓》让我们走近屈原，感受屈原。忧国忧民，正道直行，高风亮节，文苑丰碑，山河破碎，汨罗冤沉是屈原一生的真实写照。在这里，诗人连续用五个“我不信”来诠释了他心目中的屈原。

“我不信／那芳洁的荷衣，和兰与蕙／缀成的华美的花环／已经被大地永远收回／埋在这座坟茔”。是啊，屈原虽然长眠九泉两千多年，但这样一位伟大的爱国诗人，是会被世人所景仰的。他一生为了祖国、为了实现政治理想奔波呼号。当他一再受到腐朽的贵族集团的排挤和迫害时，就奋不顾身地同他们斗争到底，九死不悔。他的悲愤的诗歌，一字一句都倾泻了深沉的爱国的思想感情，成为千古传诵的杰作。或许诗人正是想用屈原来完成他对生命的阐释：生命是宝贵的，诗人赞颂生命，并不在意它的长短，而关注的是它的自由与坚定。诗人相信屈原的精神不灭，所以对一切的泯灭如“埋在这座坟茔”“变成了泥冢的土”“走到这里停在这里”“在这里邈远散去，踪迹难寻”等，都加以否定，宣称“我不信”。

任洪渊善于让历史灌注现代生命，由在秭归拜访屈原墓，想到屈原不屈的精神，想到《离骚》中上下求索、问天逐神的气魄，想到生命的意义，他不相信屈原会就此停在这里，不相信那求索的脚步会停滞不前。诗人正是通过五个“不信”，让屈原重新回到我们面前。他是不屈精神的象征，是永恒生命的化身，是诠释诗人诗情的媒介。诗人在还原屈原的同时也让我们重识了生命，“我不信／那对天发出的一连一百七十多问／就这样被一堆泥土填满／地上给他的最后回答和最后一问／竟是这一座问也无声的坟”。是啊，屈原的问不会最终成为一座无声的坟，他的声音回荡在空中。诗人冲破时空的界限，延续了屈原的生命，同时也完成了他对生命的呼唤。

从结构上看，整首诗由以“我不信”开头的五个宾语从句组成，每部分都借用屈原《离骚》中的意象，如“芳洁的荷衣，和兰与蕙”，“那顶山一样崛起的峨冠和腰间嵌着星月的长铗”，“以前额叩开过天庭门扉的头颅”，“抱起过崦嵫山”的手臂，“上下求索的脚步”，“飘风，云霓、凤凰以及为太阳驾车的羲和”等等，用来象征屈原的战斗精神和对理想的追求，使诗歌带上了浪漫主义色彩，而又以强有力的否定连接意象，说明屈原不是已逝而是永存，表达了对屈原人格精神的肯定。浪漫加激情与置疑是这首诗的特色所在，最终在诗人的追问中结束。五个“我不信”体现了任洪渊在历史文化中寻求生命自由、摆脱束缚所做的努力。诗人像一位辩手，用声情并茂的语言结合浪漫的意象，为他所崇尚的生命观做了一次气势磅礴而又激昂的陈述。

（魏宁）

一棵开花的树

席慕蓉

如何让你遇见我
在我最美丽的时刻　为这
我已在佛前求了五百年
求它让我们结一段尘缘

佛于是把我化作一棵树
长在你必经的路旁
阳光下慎重地开满了花
朵朵都是我前世的盼望

当你走近　请你细听
那颤抖的叶是我等待的热情
而当你终于无视地走过
在你身后落了一地的
朋友啊　那不是花瓣
是我凋零的心

席慕蓉，蒙古族女诗人。出生于四川，13 岁开始在日记中写诗，1981 年出版了第一本诗集《七里香》，一年之内即再版七次，此后她的许多诗集都多次再版。席慕蓉擅写爱情、人生、乡愁，写得极美，淡雅剔透，饱含了她对生命的挚爱真情和对人生的感悟。这首《一棵开花的树》就是席慕蓉的爱情名篇之一，历来深受人们的喜爱，因为其中隐含着人生最美好的爱情：曾经相识与等候的美丽，缘来缘去的悲伤，甚至是无缘相伴却不悔爱恋的哀怨，句句让人动容与感叹。

在佛前求了五百年，为换今生的相遇与相恋，佛终于把我化作一棵可以开花的树。我要让你看见我最美丽的时刻，于是在阳光下慎重地开满花，朵朵都是我对你的爱恋与前世的期盼。当你走近，我用颤抖的心和无尽的热情等待着你的爱抚与欣赏，可是你的无视终于带走了我凄美的心愿，留下了我在你身后飘落一地的花瓣和碎了的心……难道相遇终究是个错？就像郑愁予的诗《错误》中写的：我不是归人，是个过客……生命中有很多不够圆满但依旧美丽的爱情，正如《一棵开花的树》中描写的那样，虽然只是生命中的过客，注定不会留下什么，但是焉知那不是别样的一种永恒，别样的对爱情的执着与坚守？即使得不到完美的结局，也甘愿付出自己而厮守心中的美丽；即使永恒地停留在等待与错过中，也不枉自己五百年的企盼与守候。

这首温婉、凄美的小诗极为集中地体现了诗人的心性气质。席慕蓉原本就是一位感情丰富、充满挚爱真情并且善于抒发自己内心情感的诗人，她的很多诗作如《抉择》《青春》《送别》等等都是这类作品。另外，《一棵开花的树》非常符合诗歌创作中意境美和内蕴美的特点，同时不乏构思的巧妙和表达的流畅。在意境的营造上，全篇都笼罩在一种凄美、哀怨和深沉的氛围中。凄美的爱情、哀怨的心绪和深沉的执着，读来令人久久回味，甚至会受其感染而潸然泪下。在内蕴方面，席慕蓉的诗歌虽大多描写爱情，但是含义深奥，必须用心去体会，甚至不同的人得到的体会是不一样的，这基于每个人的心性气质和经历的不同。在众多描写爱情的诗人和诗歌中，席慕蓉的爱情诗歌之所以能够如此成功，关键原因在于：席慕蓉是真诚的，她是用自己的心在作诗，是用自己的心在体会着人间的挚爱真情，其诗作中虽多哀怨，却让人喜爱，更让人感动。

（杨秀敏）

吃西瓜的六种方法

罗青

第五种　西瓜的血统

没人会误认西瓜为陨石
西瓜星星，是完全不相干的
然我们却不能否认地球是，星的一种
故也就难以否认，西瓜具有
星星的血统

因为，西瓜和地球不只是有
父母子女的关系，而且还有
兄弟姐妹的感情——那感情
就好像月亮跟太阳太阳跟我们我们跟月亮的
一，样

第四种　西瓜的籍贯

我们住在地球的外面，显然

显然，他们住在西瓜里面
我们东奔西走，死皮赖脸地
想住在外面，把光明消化成黑暗
包裹我们，包裹冰冷而渴求温暖的我们

他们禅坐不动，专心一意地
在里面，把黑暗塑成具体而冷静的热情
不断求自我充实，自我发展
而我们终究免不了，要被赶入地球里面
而他们迟早也会，冲刺到西瓜外面

第三种　西瓜的哲学

西瓜的哲学史
比地球短，比我们长
非礼勿视勿听勿言，勿为——
而治的西瓜与西瓜
老死不相往来

不羡慕卵石，不轻视鸡蛋
非胎生非卵生的西瓜
亦能明白死里求生的道理
所以，西瓜不怕侵略，更不惧
死亡

第二种　西瓜的版图

如果我们敲破了一个西瓜
那可能是为了，嫉妒
敲破西瓜就等于敲碎一个圆圆的夜
就等于敲落了所有的，星，星
敲烂了一个完整的，宇宙

而其结果，却总使我们更加
嫉妒，因为这样一来
陨石和瓜子的关系，瓜子和宇宙的交情
又将会更清楚，更尖锐地
重新撞入我们的，版图

第一种　吃了再说

在台湾现代诗歌中，罗青的诗歌具有某种开风气之先、引领时代潮流的特征。这首读起来让人捉摸不透的《吃西瓜的六种方法》，就别具风采，值得我们认真体味。

这首诗歌题目叫《吃西瓜的六种方法》，可是通篇讲的内容却和题目相差甚远。诗歌先在“第五种”中讲到了“西瓜的血统”。诗人通过数理逻辑推理的方法首先推断出西瓜其实和地球和星星都是有关系的。西瓜在地球上生长，因此西瓜和地球有父母子女的关系，而地球又是星星的一种，西瓜也就具有了星星的血统；由于西瓜与地球的兄弟姐妹感情就像“月亮跟太阳太阳跟我们我们跟月亮的一样”，于是“我们”也与西瓜建立了联系。这样看来，西瓜和我们是有血缘关系的，甚至是同一类有生命的物种，这也为后面以西瓜衬托人埋下了伏笔。

在第四种“西瓜的籍贯”中，诗人又将具有血缘关系的西瓜和人类进行了对比。人类的活动是这样的情形：“东奔西走，死皮赖脸地 / 想住在外面”，可是我们把光明都变成了黑暗，我们的内心变得那样冰冷，那样渴望温暖。而西瓜呢？它“禅坐不动，专心一意地 / 在里面”，它们红色的果肉，“把黑暗塑成具体而冷静的热情 / 不断求自我充实，自我发展”。这种冷静的热情，却能使他们冲到外面，而人们的“东奔西走”却总也逃避不了一个现实，那就是死后埋入地下。这样的对比有点幽默，但又不无振聋发聩之感。

第三种谈到了“西瓜的哲学”。从诗人的描述中，你可以感受西瓜在面对生死时的从容。西瓜既不羡慕无生命力的卵石，也不轻视有生命的鸡蛋，它明白在它死后，种子会生长出新的西瓜，所以，它从容坚定，不惧怕死亡。这其实是一种对于生死的坦然心态。而作为我们人类，“东奔西走”，没有满足，羡慕富贵，轻视弱者，不断去寻找逃避死亡的结果。诗人正是通过这样一种鲜明的“西瓜”形象来揭示人生的深刻含义。

第二种讲的是“西瓜的版图”，诗人在这里提到了两个字：“嫉妒”。西瓜这样从容地面对生死，这样泰然自若，这样安之若命，必然会引起整天忙碌于“东奔西走”的人们的嫉妒。然而，“西瓜”的这种对于生死的态度，才是真正尊重自然规律的一种态度。我们“敲破西瓜”，就等于敲破了星星和整个宇宙，因为西瓜具有星星的血统，是宇宙的一部分。其实这种否定“西瓜”的做法，也就是否定一种生死的自然规律。

第一种最简单：“吃了再说”。不管有多少种吃法，吃，这才是西瓜之于人的最为直接的意义。这一种方法的寓意是：人类的活动，往往去追寻太多的意义，我们被太多的意义所羁绊，以至于我们活得太累，忘了我们生存最本初的状态。就像我们吃西瓜，往往要先问它产地哪里？是何品种？味道如何？而忘了最初的意义，那就是“吃”。

诗人整首诗没提“第六种方法”，其实是给读者留下了更多的想象空间。整首诗，看似毫无逻辑，但却是通过西瓜来揭示现实的人生困境，并暗示着人类生存的本来意义。

（蒋楠）

天空

芒克

一

太阳升起来，
天空血淋淋的，
犹如一块盾牌。

二

日子像囚徒一样被放逐。
没有人来问我，
没有人宽恕我。

三

我始终暴露着，
只是把耻辱用唾沫盖住。

四

天空，天空！
把你的疾病

从共和国的土地上扫除干净。

五

可是，希望变成泪水

掉在了地上。

我们怎么能够确保明天的人们不悲伤！

六

我遥望着天空，

我属于天空。

天空啊，你提醒着

那向我走来的世界。

七

为什么我在你的面前走过

总会感到羞怯？

好像我老了，

我拄着棍子。

过去的青春终于落在我手中，

我拄着棍子！

天空，你要把我赶到哪里去？

我为了你才这样力尽精疲。

八

谁不想把生活编织成花篮？

可是，美好被打扫得干干净净。

我们还年轻，
你能否愉悦着我们的眼睛？

九
带着你的温暖，
带着你的爱，
再用你的船将我远载。

一〇
希望，请你不要去得太远，
你在我身边
就足以把我欺骗！

十一
太阳升起来，
天空——这血淋淋的盾牌。

据芒克自述，他在1972年写作这首《天空》时，还不满22岁，诗人还谦虚地认为这组诗“单纯”“幼稚”。或许芒克说得自有其道理，但诗歌一经写成，阐释就不再是诗人的特权。在我看来，正是诗人当时的年龄及其所处的特定历史时代，才赋予此诗不可复制的意义和价值，使其成为深受广大读者喜爱之作。

这首诗共分11小节，各节之间既相互独立又彼此呼应。形式上的独立分散正是诗人当时在“文化大革命”时代支离破碎的青春岁月的写照，内容上的交相呼应则反映了诗人青年时代憧憬理想、热爱生活却屡遭现实破坏的苦闷心情。“天空”这一意象也成为诗人所代表的一代青年从理想到幻灭、从幻灭再到追求的苦闷的象征。第一节上来就把“天空”意象托出：“太阳升起来，/天空血淋淋的，/犹如一块盾牌。”这在当时是一个颇为另类大胆的意象。众所周知，“文化大革命”时代，太阳常常被赋予一种革命意识形态色彩，是伟大而正确的革命领袖的代名词，而青年一代也被视为“早晨七八点钟的太阳”，在这样的政治语境之下，“太阳升起来”显然在写实之外别有意味。早晨被朝霞染红的天空在诗人的主观感受里竟然是“血淋淋的”，而且“就像一块盾牌”，这就更耐人寻味了。盾牌是用来防御的，天空变成了一块巨大的血淋淋的盾牌，给人一种恐怖、压抑、威胁与阻拒之感，封闭了诗人的精神空间。这种看似超现实的意象恰恰是现实的准确写照。显然，这不是诗人希望看到的天空，诗人所需要的是蓝色的天空，给人以自由和希望的天空。从第一节开始，血淋淋的盾牌般的天空就笼罩着全诗。

既然天空叫人绝望，那么大地是什么情况呢？第二节便是“我”在大地上的生活。“日子像囚徒一样被放逐”显然是指诗人“文化大革命”期间在河北白洋淀插队的“知青”生活。诗人远离家园、远离世界，与身体一同被放逐的还有青春的梦想。“没有人来问我，没有人宽恕我”，这是一种被抹杀存在的孤独处境。短短三行即准确地写出了时代和生活的荒谬本质，与北岛的《日子》有异曲同工之妙。

在恐怖的天空和荒谬的大地之间，“我始终暴露着”，但却并没有消沉。在“把耻辱用唾沫盖住”的同时，诗人继续追问生活的意义和价值，寻找未来的出路。第五节和第十节都写希望，态度却不尽相同。“希望变成泪水/掉在了地上。/我们怎么能够确保明天的人们不悲伤”，其中充满了忧郁；“希望，请你不要去得太远，/你在我身边/就足以把我欺骗”则饱含了无奈。在这里我们可以看到诗人初事写作时受到的俄罗斯诗歌的影响，尤其可以看到普希金的影子，特别是与普希金《假如生活欺骗了你》一诗中那种水晶般纯净的忧伤的一脉相承。诗的最后再现天空的意象，依然是一块“血淋淋的盾牌”，如同挣脱不了的噩梦，再一次强调了时代的残酷与诗人的迷惘。

（段超）

我看见大风雪

王小妮

一

我离开城市的时候
一件大事情在天空中发生。
千万个雪片拥挤着降落
这世界
再没有办法藏身了。

大风雪用最短的时间
走遍了天下的路。
大地的神经在跳
行人让出有光的路脊
灵魂的断线飘飘扬扬。

山顶高挑起粗壮的核桃林。
雪压满了年纪轻轻的儿子们。
现在，我要迎着寒冷说话。
我要告诉你们

是谁正在把最大的悲伤降下来。

上和下在白胶里翻动
天鹅和花瓣，药粉和绷带
谁和谁缠绕着。
漫天的大风雪呵
天堂放弃了它的全部财产。
一切都飘下来了
神的家里空空荡荡。

细羊毛一卷卷擦过苍老的身体。
纯白的眼神飞掠原野
除了雪
没有什么能用寂静敲打大地
鼓励它拿出最后的勇气。

二

我想，我就这样站着
站着就是资格。
衣袖白了
精灵在手臂上闪着不明的光。
许多年里
我一直用正面迎着风雪。

什么能在这种时候隐藏
荒凉的草场铺出通天的白毛毡。

割草人放下长柄刀
他的全身被深深含进灰暗的岁月。
割草人渐渐丢失。
雪越下越大。

播种的季节也被掩埋。
树在白沫里洗手
山脉高耸着打开暗淡的沟纹。
我惊奇地看见伤口
雪越大，创面越深。
大地混沌着站起来
取出它的另一颗同情心。
药一层层加重着病。

宽容大度的接纳者总要出现
总要收下所有的果实。
我从没见过真正的甘甜
没见过满身黄花的冬天。
大风雪跟得我太紧了。
它执意要把伫立不动的人
带高带远。

三

我不愿意看见
迎面走过来的人都白发苍苍。
闭紧了眼睛

我在眼睛的内部
仍旧看见了陡峭的白。
我知道没有人能走出它的容纳。

人们说雪降到大地上。
我说，雪落进了最深处
心里闪动着酸牛奶的磷光。

我站在寒冷的中心。
人们说寒冷是火的父亲。
而我一直在追究寒冷的父亲是谁?

放羊人突然摔倒在家门口
灯光飞扬，他站不起来了。
皮袍护住他的羊群
在几十年的风脉中
我从没幻想过皮袍内侧的温度。
在洁白的尽头
做一个低垂的牧羊人
我要放牧这漫天大雪。

大河泊头白骨皑皑
可惜呵，人们只对着大河之流感叹。
谁是寒冷的父亲
我要追究到底。

四

雪越来越低
天把四条边同时垂放下来
大地慢慢提升
镶满银饰的脸闪着好看的光。

我望着一对着急的兄弟。

愿望从来不能实现
天和地被悲伤分隔。
落在地上的雪只能重新飞翔
雪线之间
插进了人的世界。

慈悲止步
退缩比任何列车都快。
天地不可能合拢
心一直空白成零。
悲伤一年年来这里结冰
带着摩挲出疤痕的明镜。
山野集结起一条条惊慌的白龙。

为什么让我看见这么多。

风雪交加，我们总是被碰到疼处。
天和地怎么可能

穿越敏感的人们而交谈。
它怎么敢惹寒冷的父亲。
我看见人间的灯火都在发抖
连热都冷了。

五

许多年代
都骑着银马走了
岁月的蹄子越远越密。
只有我还在。

是什么从三面追击
我走到哪儿，哪儿就成为北方
我停在哪儿，哪儿就漫天风雪。

这是悲伤盛开的季节
人们都在棉花下面睡觉
雪把大地
压出了更苍老的皱纹。
我看见各种大事情
有规则地出入
寒冷的父亲死去又活过来。

只有我一直迎着风雪
脸色一年比一年凉。

时间染白了我认识的山峰
力量顿顿挫挫
我该怎么样分配最后的日子

把我的神话讲完
把圣洁的白
提升到所有的云彩之上。

这是一首充溢着壮阔想象与思想激情之作，其内涵，可用诗中的这样几个意象主题见出。

一是审判。这是大自然对万物的审判。在风雪面前，万物都退到原始状态，“这世界 / 再没有办法藏身了”，“大风雪用最短的时间 / 走遍了天下的路”，天与地在审判中重新寻回了一种统一与和谐——“宽容大度的接纳者总要出现 / 总要收下所有的果实”。

二是命运。大风雪是一种寒冷世界的命运。在人类抗击冰雪后的若干年里，他们见识过罕见的烈日、东南的洪水和西北的大旱，在命运的掌控下，“各种大事情 / 有规则地出入 / 寒冷的父亲死去又活过来”。是的，西西弗斯的巨石重又从山顶滚落，“退缩比任何列车都快”，天与地之间有了认同，人类只有与自然和谐相处才不会受到命运的惩罚。

三是岁月。寒冷的父亲是岁月，大风雪就是覆盖一切的时间。“许多年代 / 都骑着银马走了 / 岁月的蹄子越远越密。/ 只有我还在。”或许我们经历了很多喧哗与骚动，那是岁月无情的褶皱。但是最后诗人终于领悟到，铺天盖地的大风雪的力量不仅是苦难的力量，更是“时间”的力量，“时间”在此超越了物理意义，获得了形而上的本质。

四是故乡。大风雪就是故乡。“我走到哪儿，哪儿就成为北方 / 我停在哪儿，哪儿就漫天风雪”。在南方，在热带，在火炉照耀的书桌上，大风雪如影随形，从未停止过降落，大风雪如灵魂的断线在失去家园后飘飘扬扬。谁也摆脱不了“乡愁”，摆脱不了自己的过去和灵魂。

从总体上看，整首诗透着一种坚定，有着一份向上的信念。我们还有能力分配时间，改写命运，拷问灵魂，没有被风雪覆盖，哪怕浑身早已凛然如冰，这种坚持本身就是人生。

（吕菲菲）

菜地

路也

我和你走进菜地
夹道欢迎的是高个子的菊花叶和芹菜
番茄唱起红红的颂歌
蚕豆花的黑眼睛明眸善睐
萝卜举着喜庆的缨子，辣椒张灯结彩

这是一个好日子
繁荣和丰收在脸上一望无边
要不要，就在今天就在这菜地里成亲？
我们踩在松软的田埂上，风吹过来
把我这个想法翻译成你的扬州话

我们走到了菜地中央
如果把歇脚处的一簇苜蓿看成老家
跨着那些匍匐的南瓜秧子过去
一直向前，走到那大片油菜花的尽头，就算到了天涯
一堆掰下来的莴苣叶正在溪边快乐地腐烂

多像这个就要过去的春天

我和你一起走在菜地
我围绕着你走，时前时后，时左时右
我知道，我这只北方的青虫
已经一头栽进了你这棵南方的菜心里

一首诗歌创作完成以后，最终还要经过读者的品鉴才能算是一首真正的作品。而多角度、多层次的解读空间，又往往是一首诗成功的奥妙所在。路也的这首《菜地》，正是一首留有丰富的解读空间之作。

首先，这是一首热情洋溢的菜地颂歌。春天就要过去，火热的夏季将要来临，菜地眨眼间就到了成熟的季节和收获的季节。芹菜、番茄、蚕豆、萝卜、辣椒、苜蓿、南瓜，一切都在喜气洋洋、张灯结彩，就连掰下来的莴苣叶子也在"快乐地腐烂"，一切都是火红火红的。诗人疯狂地陶醉于物质的盛宴之中，毫不掩饰自己对日常生活的享受与喜爱之情。或许，很多诗人都对日常的物质生活、物质欲望不屑一顾，但生活其实是实实在在的，对生活的热爱和享受或许也蕴含着平平淡淡，但这平淡却是不可颠覆的真理。有的诗人把头高高地伸向哲理的大空，路也却把头深深地埋在了生活的心脏里面。这是诗人作为一个乐观、开朗的生活中人的选择。

此外，这又可看作是一首热辣辣的情诗。诗人陶醉于两人漫步菜地的温馨和浪漫之中，沉思于成亲的想象之中。两人彼此时前时后、时左时右地行走着，虽然没有言语的交流，但是周围那热乎乎、火辣辣的空气，诗人喜上眉梢的语气，甜蜜而美好的回忆，把诗人紧紧地裹住，所以诗中所环绕的爱情的甜蜜也溢于纸面。

由快乐而略带忧伤的情调可见，这又是一首怀乡之诗。“你”并不是一个实有的人物，尽管在陪伴着诗人漫步于菜地的尽头。“你”，其实是诗人心目中一直在燃烧的火热的思乡的情绪的蔓延和凝结物。在这个有着南方菜的菜地里，我听到了熟悉的扬州话，看到了可以歇脚的老家，想到了那待嫁的远方的姑娘，就像一只周游于北方的青虫，贪婪地在南方故乡的“菜心”里恋恋不舍。热辣辣的菜地景色正象征着诗人的情思，而诗人淡淡的忧伤却在快乐的暮春时节里令其倍添感触，于是，想象中的故乡便成了现实的菜地。诗中虚与实、热烈与忧伤的和谐统一，使全诗张弛有度，意蕴无穷。

（梁兆卫）

太阳，宇宙女神的最后一块煤球

墓草

宇宙女神在银河里捡破烂
她捡了一亿年的破烂
只换来一枚硬币
她用一枚硬币买来一只煤球
啊　这个宇宙太冷了
太空了……没有爱
宇宙女神抱着燃烧的煤球取暖

一块煤球有九只燃烧的眼睛
啊　九只燃烧的太阳
当我孤独地站在地球的煤渣上
我只看见一只越来越冷的太阳
所以我哭了　我哭了
为什么那么多燃烧的眼睛都瞎掉了
所以我哭了　我哭了

墓草，原名苏向辉，河南西华人，现在北京，作品主要发表在网络和民刊上，著有诗集《人妖时代》。墓草的诗歌创作与他自身的经历与心性气质非常相关，他的家庭生活给他带来的不幸与打击是沉重的，他对于社会的看法似乎可用两个字概括：梦魇。墓草的许多诗歌作品都是边缘化的，就像有人评价的，他是"游荡在中国大地的灰色幽灵"；墓草的诗歌作品往往招致误解，乃至谩骂。但不可否认，他的诗歌是真诚的、真实的，是令人震惊的。他的诗歌反映的是他的理想与现实的冲突，他是个生活在中国社会底层的特立独行者，他以平民姿态创作的诗歌，绝不是许多无病呻吟之作能够望其项背的。

《太阳，宇宙女神的最后一块煤球》就是一首令人震惊的新颖之作。太阳——煤球——燃烧的眼睛——最终瞎掉，诗人这样写出了他自己心目中的"太阳"，这思绪本身就极具多方面的反叛意义。火热的"太阳"与冰凉的"煤球"，这两个主导意象关联起诗歌的主题：温暖与寒冷。温暖是令人向往的，是宇宙女神花了一亿年换来的，但是温暖也是短暂的，因为寒冷的力量太大了，大到可以融化温暖，甚至取代温暖。宇宙太空中，有多少"燃烧的眼睛"，最终不都"瞎掉了"吗？正是因为寒冷的力量，太阳也已变得"越来越冷"。诗人是运用自己极强的想象力来构思全诗的，没有什么规则与规范，近乎天马行空。但反观其内容，诗人又是真切地贴近现实的：捡破烂——换来煤球——燃烧煤球——最后熄灭，这又是平凡得不能再平凡的现实。但正是在这平凡的现实中，又包孕着波澜壮阔的激情与力量，可以给人关于社会的、历史的、宇宙的、人生的多方面的感喟与启示。正像有人说的，墓草是批判的，但是"他的批判锋芒是内敛的和克制的"，这从他的诗作中完全可以感受得到。墓草是忧伤的，但我们却无法否定他的悲壮。就像本诗给予读者的感受那样：有时，无言的悲壮会比激烈的抨击更为深刻。

（杨秀敏）

燕子

胡正勇

从我童年的火苗里飞来
燕子，一个干净的动词

穿梭在江南的水域
像我年少的妹妹一样空灵、轻盈

燕子衔泥，花儿要叫
母亲站在村头呼唤我的乳名

在春天，燕子是花朵的标点
镶嵌在乡村的绸缎上

燕子是飞翔的火把
点燃田野和乡亲们的心房

我回到离别已久的村庄
燕子正在老家的屋檐下筑巢

每当夜晚来临，燕子

和砖墙上妹妹的奖状，暗暗发光

燕子，这一平凡普通的自然界的生灵，在作者的笔下栩栩如生。作者打破了传统诗文中常见的用“燕子”象征“春天”的惯性思维，而独出心机，以自己独特的心灵感悟，用俏丽、清澈的语言，生动地写出了燕子这个黑色精灵的美丽而动人的身影。“燕子，一个干净的动词”，诗人巧妙地用“动词”二字，不仅写出了燕子在江南水域穿梭往来的动态感、轻盈感、空灵感，且饰之以“干净”，进而显现了“燕子”穿梭往来之江南水乡的清秀与明丽，从而构成了一幅亲切宜人的春景图。

诗人的用意当然不在于赞美“燕子”，而是以“燕子”为契机，抒发自己对人间生活的品味、体悟与憧憬。燕子，是从作者童年的火苗里飞来，寄托着诗人对美好未来的向往；燕子是新生命力的象征，它给大地带来了希望；“燕子是飞翔的火把／点燃田野和乡亲们的心房”。正是由“燕子”，诗人联想到了“年少的妹妹”的“空灵”与“轻盈”；正是由“燕子衔泥”，诗人想到了“母亲站在村头呼唤我的乳名”；正是由每当夜晚来临，“燕子”与砖墙上妹妹的“奖状”的交相辉映的画面，令人感到了人间生活的宁静与安详。

全诗的意境轻松明快，明媚秀丽。通过对燕子的书写，我们仿佛可以看到诗人热情洋溢的生活态度，可以体会到诗人内心激情澎湃的生活热情。而此时的燕子，已非纯粹的自然生物，而是人间和平与希望的化身，是诗人心目中的吉祥与福瑞。

（李娜）

外国卷

乡间的音乐

〔希腊〕柏拉图　水建馥 译

你来坐在这棵童童的松树下，
西风吹动那密叶会簌簌作响，
就在这潺潺的小溪旁，我的七弦琴
会催你合上眼皮，进入睡乡。

柏拉图（前427—前347）原名阿里斯托克勒，出身贵族，前额宽阔，其体育老师称他为“柏拉图”（希腊文的意思是“宽广”）。柏拉图的经历比较接近中国思想家孔子：早年为推行自己的政治理想而周游城邦，前387年，建立学园讲学。但是他追求心灵沟通而排斥肉欲，终身未娶，这种精神恋爱被后人称为“柏拉图式的恋爱”。

事实上，在跟随苏格拉底学习哲学之前，柏拉图是名诗歌爱好者。他的诗不多，但比较精致，很有东方韵味。如果不特别指出，这首《乡间的音乐》很容易被认为是一首中国诗歌：不仅形式相同，甚至连情思都是一样的。一个人在松树下弹琴，另一个人在西风吹拂的溪边倾听，琴声伴随着风吹树叶的声音以及潺潺的水声，引人遐思或者催人入梦，这的确接近中国道家的生活方式。

如果把这首诗当成写给朋友的一封信来读，也许更有兴味，这样一来，诗中的情景会被一一虚化，虽然近在眼前却有待实现，因而更显得诗意十足。整首诗营造了一幅主客同欢图，主人用手指着身边的松树说："你来坐在这棵童童的松树下"，在风吹叶响的时刻，"我"就坐在"这潺潺的小溪旁"为"你"弹奏七弦琴，它"会催你合上眼皮，进入睡乡"，而天籁乐声仍然在"你"耳畔萦绕。

相信每个读者看到这首诗的时候心都会安静下来，产生一种近在咫尺而又远在天边的缥缈感觉，或许你马上会联想到"松下问童子"，或许你会联想到嵇康和他的《广陵散》。你可以把它当作一幅具有禅意的国画来欣赏，当然你还可以把它当作一曲真正的乡村音乐来听。这首诗歌从视觉、听觉和整个心灵的感觉上都能带给读者美感。

全诗短小精致，处处写动而实为写静，营造出一种空灵娴静的意境。整首诗歌用词质朴，没有任何修饰，单单用了三个叠词，却境界全出。也正是这样一种自然质朴的风格，很容易就把人带到一种本真的境界，让人有一种回归的感觉。

（灵犀）

我的所有叹息

〔意大利〕但丁　钱鸿嘉 译

我的所有叹息，汇成
一个令人怜悯的声音，
它不住把死神召唤。

我正苦苦思念着死神，
那女郎，我的心肝
被残酷的它夺去生命。

她的娇艳曾使人欢欣，
如今已像烟云一般消亡，
成为伟大的心灵之美，
在天上舒展爱情的光辉。
光辉照在天使们身上，
使他们高洁而细腻的心，
在这灵光之前大为震惊。

但丁·阿利盖里（1265—1321）是个坚持以美来拯救自身的人，这种品格体现在他对贝雅特丽齐生死如一的钟情上。据说童年的但丁随父拜访一个贵族时见到了贝雅特丽齐，当时她年方九岁；九年之后，二人在街上第二次见面，贝雅特丽齐向但丁行礼问候，但丁觉得自己仿佛受到了上天的祝福。据但丁自述，他们相见于早上九时，并且当晚九时他做了一个梦。这些不乏传奇色彩的故事与但丁对贝雅特丽齐的柏拉图式恋情几乎同时萌生，因此但丁把她视为真善美的化身和天国的象征。但后来贝雅特丽齐出嫁了，而且死的时候年仅二十四岁。

对贝雅特丽齐的持久的爱恋成了但丁终生创作的源泉，他的《新生》是为贝雅特丽齐而写的。在他最重要的作品《神曲》中，贝雅特丽齐作为美的化身与维吉尔同时成为他人生的向导：但丁写自己在林中迷路后走出森林，被三只野兽挡住去路，这时，罗马诗人维吉尔受贝雅特丽齐之托来救他，并领他游历了地狱和炼狱，然后由贝雅特丽齐引导，游历了天堂。

《我的所有叹息》可以视为一首别致的悼亡诗，因为在诗人的悼念中仍然包含着赞美。这首诗其实是一首但丁与贝雅特丽齐的感情小史，而且每一节都包含着三个角色："我"（但丁）、"她"（贝雅特丽齐）和神（天使），这就增强了诗歌的戏剧性。第一节写诗人对贝雅特丽齐的爱而不得，因而叹息连连，渴望投入死神的怀抱。第二节写诗人正在因失恋而渴望去死的时候，突然得知"那女郎"（贝雅特丽齐）被死神夺去了生命。第三节是诗人对贝雅特丽齐的悼亡与赞美。事实上，诗人并没有在悲悼层面停留太久，而是很快转向了对死者生前之美的赞颂。正是在对贝雅特丽齐进行赞颂时，诗人引入了第三个角色：天使。在诗中，天使充当的是陪衬角色。诗人说，当这些天使们见到贝雅特丽齐的美时不禁"大为震惊"。

但丁的贡献并不在于他写了多少诗，而在于他的作品开启了一个模式，即男性诗人发现女子之美后却不能将对方拥为己有，因而在一种永恒的缺失状态中通过文学创作加以虚拟补偿与精神升华。此后的彼特拉克、荷尔德林、歌德、叶芝都是这样。

（程一身）

我孤独地漫游，像一朵云

[英国] 华兹华斯　飞白 译

我孤独地漫游，像一朵云
在山丘和谷地上飘荡，
忽然间我看见一群
金色的水仙花迎春开放，
在树荫下，在湖水边，
迎着微风起舞翩翩。

连绵不绝，如繁星灿烂，
在银河里闪闪发光，
它们沿着湖湾的边缘
延伸成无穷无尽的一行；
我一眼看见了一万朵，
在欢舞之中起伏颠簸。

粼粼波光也在跳着舞，
水仙的欢欣却胜过水波；
与这样快活的伴侣为伍，

诗人怎能不满心欢乐!
我久久凝望，却想象不到
这奇景赋予我多少财宝——

每当我躺在床上不眠，
或心神空茫，或默默沉思，
它们常在心灵中闪现，
那是孤独之中的福祉；
于是我的心便涨满幸福，
和水仙一同翩翩起舞。

威廉·华兹华斯（1770—1850）是英国著名的湖畔派诗人。《我孤独地漫游，像一朵云》是华兹华斯根据回忆写就的，据华兹华斯的妹妹多萝西1802年4月15日的日记记载，华兹华斯出访友人克拉克森，从尤斯米尔归来时，途经乌尔华特湖畔，见到一大片金色的水仙花。大约两年以后，他写下了这首诗。

在这首诗里，诗人把自己幻想成一朵云，在天际孤独地游走，茫然无着，漫无目的，“我孤独地漫游，像一朵云 / 在山丘和谷地上飘荡”，我们知道，云是无根的，它只会随风飘荡，没有自己的目的地，诗人用云自况写出了他当时的心境——无聊和倦怠。忽然，那一大片金色的水仙映入他的眼帘，那光辉烁目的色彩，点燃了他的激情，抹去了他的倦怠，使他不禁驻足玩赏，流连忘返。那“连绵不绝，如繁星灿烂，/ 在银河里闪闪发光”的水仙沿着湖湾延伸，涤荡了诗人的孤独。“我一眼看见了一万朵，/ 在欢舞之中起伏颠簸”，想想吧，那一万朵水仙的舞蹈，该是怎样一种胜境，“诗人怎能不满心欢乐”？虽然“粼粼波光也在跳着舞”，但是“水仙的欢欣却胜过水波”！诗人不知道这奇景能给予自己多少财宝，但是当他“或心神空茫，或默默沉思”地躺在床上不眠的时候，那些水仙常在心灵中闪现，“那是孤独之中的福祉”，此时诗人涨满幸福的心，会和那摇曳弄姿的水仙一同翩翩起舞。水仙在诗人这里已经变成了一种象征，那就是一切使人热爱生命的美好之物。人生很多时候是孤独的，但是只要我们能够时常想起在某个地方的那片令我们欣喜幸福的“水仙”，就能够抵抗那漫长的孤独。

（刘彦龙）

明天天一亮

〔法国〕雨果　程曾厚 译

明天天一亮，正当田野上天色微明，
我就将出发。你看，我知道你在等我。
我越过辽阔森林，我越过崇山峻岭，
我再也不能久久远离着你而生活。

我将一边走，眼睛盯着自己的思想，
对外我听而不闻，对外我视而不见，
我弯着腰，抄着两手，独自走在异乡，
我忧心忡忡，白天对我变成了夜间。

我不看夜幕降落时分金色的月亮，
也不看阴影飘下，在远处景色如画。
我一到，我就赶快去你坟头的中央，
放束翠绿的冬青，放束欧士南的花。

《明天天一亮》是法国诗人雨果（1802—1885）悼念亡女

的著名小诗。他十九岁的女儿和新婚半年的夫婿乘坐帆船游塞纳河时不幸双双遇难，失去爱女的雨果肝肠寸断，心痛不已，他写了许多悼念女儿的诗，这一首尤为感人。全诗不事雕饰，一景一物信手拈来，看似无情之物，却处处反衬出“有心”，将慈父深浸于怀想之中的思念鲜明地展现了出来。

诗的第一节，点出作者天一亮就动身，寥寥两笔，慈父思念女儿的哀情就跃然纸上，“我越过辽阔森林，我越过崇山峻岭”，渴望来到女儿墓前的心情已急不可待。为了表现这种迫切的心情，诗人用“眼睛盯着自己的思想”，这一形象的描述，刻画出一位父亲前去看望女儿的专注。此刻诗人内心已被思念全部占据，眼睛看不到路边的风景而是随着思想移动。“我弯着腰，抄着两手”简洁地勾勒出了父亲的苍老、憔悴与孤寂的形象。即使有金色的月亮，诗人也无心观看，他只想等待天明去女儿墓前“放束翠绿的冬青，放束欧士南的花”，这种对比营造出一种令人震撼的效果，使诗歌迅即充满了人类最朴素的情感力量。

（伟杰）

黄昏的和谐

〔法国〕波德莱尔　郭宏安 译

那时候到了，花儿在枝头颤震，
每一朵都似香炉散发着芬芳；
声音和香气都在晚风中飘荡；
忧郁的圆舞曲，懒洋洋的眩晕！

每一朵都似香炉散发着芬芳；
小提琴幽幽咽咽如受伤的心；
忧郁的圆舞曲，懒洋洋的眩晕！
天空又悲又美，像大祭台一样。

小提琴幽幽咽咽如受伤的心；
温柔的心，憎恶广而黑的死亡！
天空又悲又美，像大祭台一样。
太阳在自己的凝血之中下沉。

温柔的心，憎恶广而黑的死亡！
收纳着光辉往昔的一切遗痕！

太阳在自己的凝血之中下沉。

想起你就仿佛看见圣体发光！

象征主义诗人对美的偏爱促使他们一方面追求视觉画面的流畅，一方面追求听觉声响的和谐。在象征主义诗人中，极为推崇诗歌音乐性的是魏尔伦，他认为完美的诗最重要的是音乐性。正如他在《诗艺》中所说："音乐，永远至高无上！/让你的诗句插翅翱翔，/让人感到她从灵魂逸出，/却飞向另一种情爱、另一个天堂。"

这首《黄昏的和谐》被认为是一首战胜了音乐的诗歌，写的是诗人对日落黄昏的感受和印象。波德莱尔的作品中有一些形式实验很强的作品，但从形式感而言，很少有能超越这一首的。即使在翻译成汉语后，其音乐性也是非常明显的。其显著特色是诗句有节奏地反复出现，每一节的二、四句与下一节的一、三句完全相同，整个诗歌因此形成一种交错相间、层层推进的效果，就像黄昏中那轮缓缓下沉的太阳："小提琴幽幽咽咽如受伤的心；/温柔的心，憎恶广而黑的死亡！/天空又悲又美，像大祭台一样。/太阳在自己的凝血之中下沉。"

这是诗歌的第三节，它的第一句"小提琴幽幽咽咽如受伤的心"是上一节的第二句，第三句"天空又悲又美，像大祭台一样"是上一节的第四句。除了重复上节中的两句之外，每一节都会出现两个新的句子，这两个新的句子到了下一节又变成旧的句子，引出别的新句子，整首诗看上去就像一块编织严密的地毯。

而且，更难得的是诗人内心感觉的逐渐变化与太阳的缓缓下沉形成了一种相互"应和"。以最后一节为例，太阳的下沉意味着黑夜的来临，因此，诗人的心便"憎恶广而黑的死亡！"

（程一身）

我凝视着祖国的城墙

〔西班牙〕克维多　张清瑶　译

我凝视着祖国的城墙
它们一度那么坚固，但流逝的时光
已经使它们疲惫崩碎
它们的勇气也已逐渐失丧

我走到田野，冰雪消融，河流奔淌
太阳正畅饮溪水
牛群向树林哞哞怨诉
树荫偷走了白昼的亮光

我走进屋里，我见到它已是
古老住宅的褪色废墟
我的手杖已更弯曲而不那么结实坚强

我试试剑锋，它已向岁月投降
我发现目光所及的东西
无不在提醒我死亡就在身旁

《我凝视着祖国的城墙》是一首意大利体十四行诗。理解这首诗可以先抓住每一节的第一句话："我凝视着祖国的城墙""我走到田野""我走进屋里" "我试试剑锋" 。这些句子写的是诗人的一系列动作，而且有一定的空间感，可以视为本诗的一个线索。不过，要想理解诗歌的内涵，还得看这些动作触及的对象，或者说发现了什么。如果用一个词来概括，诗人无论到的是什么地方，他的发现只有一个："变化" 。"一度那么坚固"的城墙变得"疲惫崩碎"；在田野里，诗人发现时光在变化："树荫偷走了白昼的亮光"；在屋里，诗人发现古老的住宅已经褪色变成了废墟，诗人手中结实的手杖也变得非常弯曲；而试剑的结果是"它已向岁月投降"，钝得失去了砍击的作用。凡此种种，令诗人不禁心跳加速，因为外物在变，人自己能不变吗？在茫茫岁月里，人的变化只有一个方向：衰老、死亡。所以，诗人以其高度的警觉做了如下总结："我发现目光所及的东西 / 无不在提醒我死亡就在身旁。"

不管克维多的其他作品如何，这首诗并不难懂，它表达了诗人由于时间的旋踵即逝与死亡的必然来临所产生的生命焦灼感。不可否认，克维多的确是一个文学才能很高的诗人，因为诗歌通篇都在写变化，却不曾让人感到重复，而且安排得井然有序。这一切都赖于诗人高超的语言功力，诚如博尔赫斯所说的："克维多的伟大是语言上的。"试看诗歌的第二节，诗人笔下的田野多么美丽，但是诗人的用意却是通过对田野景物的描写揭示时光变化的踪迹：冰雪消融，河流奔淌，牛群哞哞，太阳逐渐消失在树荫之中，夜幕就要降临了。我相信通过这样的阅读，每一个读者都可以明白诗歌之美美在何处。

（程一身）

天鹅

〔法国〕普吕多姆　飞白 译

湖水深邃平静如一面明镜，
天鹅双蹼划浪，无声地滑行。
它两侧的绒毛啊，像阳春四月
阳光下将融未融的白雪，
巨大乳白的翅膀在微风里颤，
带着它漂游如一艘缓航的船。
它高举美丽的长颈，超出芦苇，
时而浸入湖水，或在水面低回，
又弯成曲线，像浮雕花纹般优雅，
把黑的喙藏在皎洁的颈下。
它游过黑暗宁静的松林边缘，
风度雍容又忧郁哀怨，
芊芊芳草啊都落在它的后方，
宛如一头青丝在身后荡漾。
那岩洞，诗人在此听他的感受，
那泉水哀哭着永远失去的朋友，
都使天鹅恋恋，它在这儿流连。

静静落下的柳叶擦过它的素肩。
接着，它又远离森林的幽暗，
昂着头，驶向一片空阔的蔚蓝。
为了庆祝白色——这是它所崇尚，
它选中太阳照耀的灿烂之乡。
等到湖岸沉入了一片朦胧，
一切轮廓化为晦暝的幽灵，
地平线暗了，只剩红光一道，
灯芯草和菖兰花都纹丝不摇。
雨蛙们在宁静的空气中奏乐，
一点萤火在月光下闪闪烁烁。
于是天鹅在黑暗的湖中入睡，
湖水映着乳白青紫的夜的光辉，
像万点钻石当中的一个银盏。
它头藏翼下，睡在两重天空之间。

天鹅是诗人的钟爱物，很多诗人都写过天鹅：维尼、波德莱尔、马拉美、瓦雷里、里尔克、叶芝、弗林特、洛赫维茨卡娅、麦考莱等，当然也有否定论者，如马丁内斯声称要“扭断那天鹅的脖子”。在法国文学史上，普吕多姆（1839—1907）是帕那斯派的代表诗人，他的《天鹅》以注重客观写实、抒情浑然无迹著称，体现了该派的典型诗风。值得关注的是，普吕多姆是第一届诺贝尔文学奖获得者（1901年）。相关评语是：“特别表彰他的诗作，它们是高尚的理想、完美的艺术和罕有的心灵与智慧的实证。”这首《天鹅》可以视为其完美诗艺的代表之一。

全诗注重在运动中刻画天鹅的形象，在空阔的背景上突出天鹅优雅的风姿："湖水深邃平静如一面明镜，/天鹅双蹼划浪，无声地滑行。/它两侧的绒毛啊，像阳春四月/阳光下将融未融的白雪，/巨大乳白的翅膀在微风里颤，/带着它漂游如一艘缓航的船。/它高举美丽的长颈，超出芦苇，/时而浸入湖水，或在水面低回，/又弯成曲线，像浮雕花纹般优雅，/把黑的喙藏在皎洁的颈下。"

不难看出，在行文中诗人坚持将细描与想象融为一体。其中的想象主要通过比喻句体现出来。这些比喻句几乎跟随在每次客观描写的后面，既突出了对象的主要特征，也融入了诗人的主观赞美。如诗人将天鹅的绒毛比成"阳春四月阳光下将融未融的白雪"，既写出了天鹅绒毛之白，也突出了天鹅绒毛之亮，而且，"阳光下将融未融的白雪"这本身就是一种人间奇景。

如果采用叙事学的术语来分析，本诗的线索就是天鹅的游踪。诗歌的最后一部分明显体现出从日到夜的时间变化，而且其中的色彩更加繁复动人，丝毫不亚于都市的霓虹之夜："接着，它又远离森林的幽暗，/昂着头，驶向一片空阔的蔚蓝。/为了庆祝白色——这是它所崇尚，/它选中太阳照耀的灿烂之乡。/等到湖岸沉入了一片朦胧，/一切轮廓化为晦暝的幽灵，/地平线暗了，只剩红光一道，/灯芯草和菖兰花都纹丝不摇。/雨蛙们在宁静的空气中奏乐，/一点萤火在月光下闪闪烁烁。/于是天鹅在黑暗的湖中入睡，/湖水映着乳白青紫的夜的光辉，/像万点钻石当中的一个银盏。/它头藏翼下，睡在两重天空之间。"

仅从色彩的角度而言，这里涉及色彩转换的就有："森林的幽暗""空阔的蔚蓝""太阳照耀的灿烂之乡""湖岸沉入了一片朦胧""一切轮廓化为晦暝的幽灵""地平线暗了""只剩红光一道""一点萤火在月光下闪闪烁烁""黑暗的湖""乳白青紫的夜""万点钻石当中的一个银盏"。在如此美丽的景色中睡去的天鹅，"头藏翼下，睡在两重天空之间"。普吕多姆认为，"才能就是预感到遥远的联系"。把这只"睡在两重天空之间”的天鹅与诗人独身爱美的一生联系起来，恐怕不会有什么不妥吧！

（程一身）

仿佛

〔印度〕泰戈尔　冰心 译

我不记得我的母亲
只是在游戏中间
有时仿佛有一段歌调
在我玩具上回旋
是她在晃动我的摇篮
所哼的那些歌调

我不记得我的母亲
但是在初秋的早晨
合欢花香在空气中浮动
庙殿里晨祷的馨香
仿佛向我吹来母亲的气息

我不记得我的母亲
只是当我从卧室的窗里
外望悠远的蓝天
我仿佛觉得

母亲凝注我的目光
布满了整个天空

母爱是如此平常，却又那么伟大，如何在作品中写出这种两重性，使母亲既显得亲切，又令人崇敬，是个需要解决的难题。泰戈尔（1861—1941）的《仿佛》做到了这一点。这首诗的结构并不复杂，全诗三节，每一节都以“我不记得我的母亲”开始，随后以“只是”或“但是”形成语意转折。所谓“我不记得”表达的正是母亲的平凡，以至于常常不被子女记起，随后的转折却突出了母爱的另一面，母亲以其博大、深厚而持久的爱让子女感到她的伟大。

这首诗之所以简化处理母亲的平凡，意在突出母亲对子女的影响。母爱的影响是多方面的，诗人仅选取了三个片段。“在游戏中间／有时仿佛有一段歌调／在我玩具上回旋／是她在晃动我的摇篮／所哼的那些歌调。”在这里，儿子的成长与母亲的养育融合在游戏之中，其联系物就是“歌调”，从过去的摇篮到现在的玩具，母亲的爱依然延续、回旋，让子女回味不已。“在初秋的早晨／合欢花香在空气中浮动／庙殿里晨祷的馨香／仿佛向我吹来母亲的气息。”这一节从听觉转向嗅觉，将大自然中的花香、晨祷的馨香与母亲的气息联系在一起，表达了母爱随行的含义，以至于诗人所到之处无不可见母爱的痕迹。“当我从卧室的窗里／外望悠远的蓝天／我仿佛觉得／母亲凝注我的目光／布满了整个天空。”最后一节从视觉的角度来写，由从卧室里看到的悠远蓝天联想到母亲凝望自己的目光，那是布满整个天空的目光。至此，诗人所写的母爱呈现出难以超越的广度。整首诗就这样自成片段而又浑然一体，在相同的结构中表达出逐渐深广浓郁的母爱。全诗感情真挚，用语朴素，就像他欣赏的诗人李白的《静夜思》那样具有广为人知、深入人心的艺术魅力。这令人想到他获得诺贝尔文学奖的理由："富于高贵、深远的灵感，以英语的形式发挥其诗才，并糅合了西欧文学的美丽与清新。"

（灵犀）

随时间而来的智慧

[爱尔兰] 叶芝　沈睿 译

虽然枝条很多，根却只有一条；
穿过我青春的所有说谎的日子
我在阳光下抖掉我的枝叶和花朵；
现在我可以枯萎而进入真理。

爱尔兰诗人叶芝（1865—1939）于1923年获得诺贝尔文学奖，其相关评语是："始终富于灵感的诗歌，并因为他以高度的艺术形式表达了整个民族的精神。"《随时间而来的智慧》收入1910年的《绿盔及其他》集中，当时诗人已年届不惑。这首诗其实包含着对青春的追忆，但最终落脚于写作此诗的中年时期。在既往的青春和如今的岁月之间，整首诗形成了一种对比的意味："枝条""枝叶""花朵"这些意象都属于青春期，而"根"则对应于诗人所说的"现在"这一时刻。和这组意象相对的两个词分别是"说谎"和"真理"。也就是说，"枝条""枝叶"和"花朵"是谎言的隐喻，"根"是真理的隐喻。从青春时代的枝繁叶茂到人到中

年的花叶凋零，其中体现出来的正是“随时间而来的智慧”。所以，诗人宣称：“现在我可以枯萎而进入真理。”这里的“真理”就是“智慧”的别名。

大批评家艾略特有一篇论述叶芝的文章，他认为叶芝青年时期的情感极为强烈，但很少表现，这可以从他后期的作品中找到证据：“……人们确信他已经经历了青年时期强烈的情感——确实，如果没有早期的经验，他绝写不出后期作品中那些充满智慧的东西。但是，他不得不等待一个晚来的成熟，以表达早期的经验；我想这使得他成了一位独特而富有魅力的诗人。”这段话涉及叶芝创作的前后期关系，有助于读者理解叶芝这首诗。

事实上，《随时间而来的智慧》这首简洁的诗以富于对照的整体隐喻揭示了诗人的成长经验，对于广大读者具有普遍的适用性。正如艾略特所总结的，像叶芝这样的诗人“能用强烈的个人经验，表达一种普遍真理；并保持其经验的独特性，目的是使之成为一个普遍的象征”。因为在这个世界上像兰波那样的天才人物毕竟是少数，绝大多数人都要经历这种从无知到有知、从知之甚少到知之渐多的过程。甚至连被尊为圣人的孔子也不例外：“吾十有五而志于学，三十而立，四十而不惑，五十而知天命，六十而耳顺，七十而从心所欲，不逾矩。”

据说叶芝最喜欢自己创作的一首诗是《长时间沉默以后》。在他编的《牛津现代诗选》（1936年版）中，叶芝选了自己14首诗，这首《长时间沉默以后》名列第一。该诗最后几句如下：“我们正好议论了又重新议论 / 艺术和诗歌这个至高的题旨：/ 身体的衰老是智慧，年纪轻轻，/ 我们当时相爱而实在无知。”

（程一身）

窗前晨景

〔英国〕艾略特

裘小龙 译

地下室餐厅里早点盘子咯咯响，
顺着人们走过的街道两旁，
我感到女佣们潮湿的灵魂
在大门口绝望地发芽。

一阵阵黄色的雾从街的尽头
向我抛上一张张扭曲的脸，
又从一位穿着泥污的裙子的行人的脸上
撕下一个空洞的微笑，微笑逗留在半空，
沿着屋顶一线消失了。

1948 年，托马斯·斯特恩·艾略特（1888—1965）以其“革新现代诗、功勋卓著的先驱”的身份获得了诺贝尔文学奖。1922 年，《荒原》发表后他成为知名诗人。1943 年完成被认为是后现代主义标志的重要著作《四个四重奏》。

这首《窗前的晨景》并非一首写景诗，它通过景物描写揭示了人物的内心世界，并且呈现着特定的时代面貌。在短短的九行诗中竟然能容纳如此丰厚的内容，同样是一件令人赞叹的事。细细看来，九行诗各有特色，第一行写盘子响，其实是人在忙碌，忙碌而没有目的，仅仅是为了谋生而已。后三行构成一个层次，这些在潮湿中发芽的绝望的灵魂就是“荒原人”的灵魂。后边五行其实是一个长句，这个复杂的长句有超现实主义色彩，而且伴随着明显的方位感。从远（“街的尽头”）至近（经过“我”）再到远而且高（“逗留在半空”，“沿着屋顶一线消失了”）。一个值得注意的问题是，到底是什么在这个漫长的线路中游历？很清楚，起初是“一阵阵黄色的雾”，这些雾中携带着“一张张扭曲的脸”向我袭来，随后经过“一位穿着泥污的裙子的行人”，并且从他脸上“撕下一个空洞的微笑”，这个微笑在半空逗留了一会儿，最后“沿着屋顶一线消失了”。由此可见，参与这次游历的是“黄色的雾”“扭曲的脸”和“空洞的微笑”。后两个词正是对现代人的内心状况和时代面貌的写照。

（程一身）

英国圆号

〔意大利〕蒙塔莱　吕同六 译

今晚
黄昏的风，
仿佛刀剑铿锵，
猛烈地吹打
茂盛的树林，
擂响
天宇的鼓点，
催动
地平线上的浮云。

一抹晚霞，
仿佛纸鸢横飘高空，
朵朵行云如飞，
仿佛埃多拉迪国
时隐时现的城门的光辉。

潋滟闪光的大海，

渐渐灰暗混沌，
吞吐浊浪，
咆哮翻滚。
夜的暗影，
悄悄地四处爬行，
呼啸的风，
慢慢地平静。

风啊，
今晚请你也把
我的心
这不和谐的乐器的
丝弦拨动。

由于“他的杰出诗歌拥有伟大的艺术性，在不适合幻想的人生里，诠释了人类的价值”，蒙塔莱（1896—1981）获得了1975年的诺贝尔文学奖。蒙塔莱是个非常注重诗歌的音乐美的诗人，他青少年时曾主修过声乐，后来又长期担任权威的《晚邮报》音乐专栏评论员，这使得他的诗歌音乐性十足。蒙塔莱认为词语的音韵不仅能赋予诗歌以音乐美，而且往往蕴涵着比词语的意义更深邃的东西，因而更具有表现力和冲击力。在蒙塔莱的诗作中，《梦幻曲——德彪西作品印象》和《英国圆号》就是直接以乐器为题的。这类诗由于饱含交响乐的韵味而被称为“纯诗歌”，代表了蒙塔莱追求诗歌的音乐美所达到的高度。

尽管这首诗题目为“英国圆号”，贯穿全诗的声音却是“风声”，“圆号”（音乐）中的“风声”（天籁）。在这两种声音的融合中，事实上还融合着尘世的万物、诗人的心灵以及更多的东西。试看第一节，诗人将风比成刀剑，接着以一串排比句表达了风吹物动的声响效果。诗人写到了风吹树林、风吹天空、风吹浮云等一系列情景，从音乐性的角度来看，显得很有节奏感：“（风）吹打 / 茂盛的树林，/ 擂响 / 天宇的鼓点，/ 催动 / 地平线上的浮云。”中间两节虽然没有着力写风，但是风依然在吹，纸鸢横飘（在诗中为喻体），行云如飞，浊浪咆哮，夜影爬行皆可为证。在这万物被风吹动的时刻，诗人请求英国圆号这人工的天籁将自己的心弦吹动。这里有个特别刺眼的短语，即“不和谐的乐器”。如果说“心”是不和谐的乐器，那么，树林、天宇以及浮云等都是和谐的乐器，“心”的不和谐自然是受了相关社会因素的影响。蒙塔莱经历了两次世界大战，是个相信“生活之恶”的诗人。在《幸福》中，他写道：“幸福，为了你 / 多少人在刀斧丛中走险？”也许正是在这样的心境下，他希望音乐能给他带来心灵的和谐与宁静。

很显然，这是一首写音乐的诗，但它的中间两节写得画面感很强，是把音乐视觉化的范例。以第二节为例，诗人将晚霞比成横飘高空的纸鸢，将朵朵行云比作城门口时隐时现的光辉。总之，这是一首用富于韵律感的文字写音乐的诗歌。

（程一身）

致谢函

〔波兰〕希姆博尔斯卡　陈黎　张芬龄　译

我亏欠那些
我不爱的人甚多。
另外有人更爱他们
让我宽心。
很高兴我不是
他们羊群里的狼。
和他们在一起我感到宁静，
我感到自由，
那是爱无法给予
和取走的。
我不会守着门窗
等候他们。
我的耐心
几可媲美日晷仪，
我了解
爱无法理解的事物，
我原谅

爱无法原谅的事物。
从见面到通信
不是永恒，
只不过几天或几个星期。
和他们同游总是一切顺心，
听音乐会，
逛大教堂，
饱览风景。
当七座山七条河
阻隔我们，
这些山河在地图上
一目了然。
感谢他们
让我生活在三度空间里，
在一个地平线因变动而真实，
既不抒情也不矫饰的空间。
他们并不知道
自己空着的手里盛放了好多东西。

“我不亏欠他们什么，”
对此未决的问题
爱会如是说。

希姆博尔斯卡的诗歌题材多取自现实人生，她认为任何事物都可以入诗，尤其是她自身深刻的生命体验。“爱”与“美”也是她许多诗中

的主题。古今中外，感谢爱情的诗歌有很多。《致谢函》这首诗也写到爱情，但却并非是向爱情致谢，而是感谢生活中那些自己不爱的人。

全诗是以叙述的口吻来抒情。开头使用了“亏欠”“宽心”“高兴”这些表达生命感觉的词汇，也为以下抒发诗人的感激之情做好了铺垫。“和他们在一起时我感到宁静，/ 我感到自由，/ 那是爱无法给予 / 和取走的。”不用守着门窗苦苦地等候，彼此之间无须任何承诺，也不会为对方所束缚，这样我们生命过程就会自由而温暖。因为有了他们，“我了解 / 爱无法理解的事物，/ 我原谅 / 爱无法原谅的事物。”爱情在我们生命中是重要的，但却不是唯一的，更不是全能的。爱情有爱情的原则，所以我要感谢“爱情”。人与人之间互相给予的不会都是爱情，但如果每一个人都愿付出自己的真诚，我们就可以一样顺心和轻松，可以相约一起听音乐会，逛大教堂，饱览风景。

接下来，诗中使用了一个典故，即童话中在形容相距十分遥远的时候，会用“相隔七重山，七座森林”来表达，诗人在这里也使用了“七座山七条河”，但是不管有多么遥远的阻隔，都不会影响我们真诚的感情。“感谢他们 / 让我生活在三度空间里，/ 在一个地平线因变动而真实，/ 既不抒情也不矫饰的空间。”我们真实而襟怀坦荡，相处时无须做作，无须矫饰，读到这里，我们就很容易产生与诗人相近的感觉。而且诗中还写道：“他们并不知道 / 自己空着的手里盛放了好多东西。”其实每一个人都拥有很多，每个人都很重要，有人感激，也有人爱，我们每天都被善意包围。诗歌开头说“我亏欠那些 / 我不爱的人甚多”，而诗歌的结尾却是“我不亏欠他们什么”。这不仅照应了开头的感情，也算是回答了开头的问题。不是亏欠，而是感谢。我们也可以因此看出，诗人是一个真诚而坦荡的人，整首诗涂满了诗人的个性色彩。

希姆博尔斯卡的诗风清澈，明朗，尤其是拥有坦诚直率这样一种诗歌最重要的特质。事实上，所有好的诗歌都会有一个最重要的特点，即诗人感情的投入。因为对于诗来说，抒情是一种力量。感情表达得坦诚也好，隐晦也好，但只要拥有真挚的情感，诗歌就会因之而具有永恒的魅力。

（李娟）

蜡烛

〔希腊〕卡瓦菲 喻杨 董继平 译

我们未来的日子就像一排
点燃的小蜡烛伫立在我们面前——
金黄，温暖，而又活跃的小蜡烛。

逝去的日子留在我们后面，
一行燃尽的哀悼的蜡烛；
最接近的蜡烛还在冒烟，
冷却的蜡烛，溶化又弯曲。

我不想看着它们，它们的形态使我悲哀，
追忆它们最初的光芒也使我悲哀。
我向前看着我点燃的蜡烛。

我不想转过身去，以免我触目而战栗——
那一行昏暗的蜡烛多么迅速地变长，
那燃尽的蜡烛多么迅速地繁殖。

蜡烛的价值在燃烧中呈现，生命的存在形态却是流逝。从诞生的那一刻起，生命就在不断流逝，无论它是否产生价值。《蜡烛》是卡瓦菲表达生命感的一首诗。如上所述，生命感其实是生命的流逝感。这首诗的独特之处在于，诗人把蜡烛的燃烧与生命的流逝联系在了一起。全诗以蜡烛为喻描述了生活的多样形态和诗人不无焦灼的生命流逝感。

诗歌第一节写未来的日子，第二节写过去的日子，均以蜡烛为喻：未来的日子像“一排点燃的小蜡烛”，它们金黄，温暖，活跃，像胎儿一样渴望着降临到尘世。而过去的日子像“一行燃尽的蜡烛”，它们曾经发过光，如今却不存在了。所谓“最接近的蜡烛”指的是刚刚流逝的那些日子，诗人说它们“还在冒烟”，在脑海中闪烁，但是蜡烛本身已经冷却，如同尸体。过去的日子如燃尽的蜡烛，而未来的日子如点燃的蜡烛，它们被诗人写得异常生动，富于生命的气息。

接下来诗人从对生活的描述转向了表达自己的感受：“我不想看着它们”，“我不想转过身去”。这两句针对的都是“过去的日子”。“不想看”，甚至“不想转过身去”表达的正是对生命流逝的畏避，这种畏避中潜藏着诗人对生命流逝的焦灼意识。诗人说，目睹这些流逝的日子让他感到悲哀，甚至是战栗。悲哀是因为过去的日子曾经给诗人带来过欢乐，但是它们已经消散无迹；战栗是由于过去的日子越来越多，燃尽的蜡烛“迅速地繁殖”“变长”。这样一来，待燃的蜡烛就会越来越短，未来的日子就会越来越少。对人生做出如此形象而深刻的描述，确能震惊读者的心灵。

（程一身）

农民

〔西班牙〕阿尔维蒂　王央乐 译

他们顽强地走着，树皮的脸色，
挡得住斧子的砍击，毫不动容。
阴沉的脑袋，仿佛坚硬的燧石，
但是在果子硬壳的梦中，却烈火熊熊。

大氅外散发出潮湿羊羔的气息，
里面包容着袋袋土豆的恬淡滋味；
比蹄子还硬的磨旧的靴子，
沾满了粪肥和沉重的泥泞。

固执的骡群在黑暗里发出响声，
经过街巷妨碍了人行的便道；
田野里的人们走着，犹如无数种子
去播撒进战壕里的深深犁沟。

许多人什么也不知道。但是他们确信
是跑步去夺取一颗显现的星星，

在新的习惯里日日夜夜劳作，
杀死死亡，为了获得自己的生存。

阿尔维蒂这首诗的可贵之处在于它不仅提炼出了农民的共性，而且表现了他们的普遍命运。尤其难得的是，所有这些富于概括性的观感都是通过细节体现出来的。

第一节刻画农民的身体，文笔奇崛，令人赫然动容。诗人把农民放在行走中加以刻画，这是符合事实的，坐在阴凉里悠闲地摇扇子的人一般不会是农民。接下来，诗人把农民的脸比成斧砍不动的树皮，把农民的脑袋比成坚硬的燧石和果子的硬壳，其中却包含着烈火般强劲的生命力。

第二节写农民的衣着，主要是大氅和靴子。写大氅主要通过嗅觉，大氅外面“散发出潮湿羊羔的气息”，表明他刚扛过羊羔，大氅里面“包容着袋袋土豆的恬淡滋味”，这表明大氅又被临时当成了包裹土豆的物件。至于靴子则是另一种情形，它由于被磨旧而变得坚硬，或者本来就坚硬又被磨旧了，这是不能确定的，可以确定的是它比牛蹄子还硬。然后，诗人从靴子的质地写到外形，农民的靴子和他们饲养的牲畜蹄子一样，“沾满了粪肥和沉重的泥泞”。

接下来一节写农民和他们的动物伙伴们，他们既相依为命，同时又不无敌对之处：“固执的骡群在黑暗里发出响声，/经过街巷妨碍了人行的便道；/田野里的人们走着，犹如无数种子/去播撒进战壕里的深深犁沟。”骡群之所以“固执”，是因为它们和人不同类（有隔阂）、却又不得不为人卖命（有怨恨），因而不免“在黑暗里发出响声”。而在乡村狭窄的小道上，当骡群（和人相比，它们是庞然大物）经过时，人只能为它们让路。但是，当农民和骡群并肩作战时，双方这种不愉快的记忆也就随之消失。骡群在前面犁开一道深深的“战壕”，紧随其后的农民像种子一样被撒进土沟里，毫不夸张地说，这是一个大胆的比喻。这个大胆的写法恰好达到揭示农民生存真相的目的：农民不仅和他们的骡群（动物）相依为命，也和他们的种子（食物）不分彼此。你可以说种子被埋在了土里，也可以说农民被埋在了土里。在犁铧分开土地的那些瞬间，就连跟在犁后的农民也分不清楚被埋在土里的是谁。正如诗人所说的，“许多人什么也不知道”。但是他们始终有个不变的信念：和骡群一起劳动，把种子播下去，就可以“杀死死亡”，获得生存，继续在那片土地上劳作下去，夜以继日。

（程 身）

生活

〔俄国〕巴尔蒙特　张冰 译

生活是水里映出的月亮的面容，
到处都是它的中心，哪儿都不是它的半径，
这是帝王般的构想，是一个无底的深渊，
瞬间的永恒——美的瞬间——寂静。

生活是处于月亮引力下大海的颤动
波浪那苍白的宠儿——莲花——芳意微醺，
充满隐秘光子的烟云
及多数所创造的梦，它属于所有人又不属于任何人。

宛如蜘蛛从自身拉出蛛网
它身体笨拙，却在空中架起了轻盈的网——
犹如画家在绘制自己的作品，
把繁复事变的每个瞬间都牢牢刻上——

就这样，世界从永恒中生发——
存在的统一和多元化

世界固然只有一个，但世上却永远都有两个：
寂然不动、万虑皆消的我和他。

康斯坦丁·巴尔蒙特（1867—1942）被誉为“诗坛的帕格尼尼”，俄国“诗人之王”，象征派诗歌大师。巴尔蒙特曾经对自己的象征主义观念做过如下表达：“我称作象征主义诗歌的是这样一种诗：其中除了具体内容外，还有潜藏的内容，与它有机地联系着，以最纤细的线与它交织着。”

下面结合这首《生活》看一下巴尔蒙特的象征主义作品成就。事实上，这是一首概括生活本质的哲理诗，但是由于哲理找到了自己最合适的意象，因而它变成了一首象征诗。诗歌一开始，诗人就声称生活是“水里映出的月亮的面容”，它是真实的，也是虚幻的。“到处都是它的中心，哪儿都不是它的半径”，这既是写月亮，也是写人，在每片水里都有一个月亮，正如每个人都可能是这个世界的中心。

接下来诗人继续设喻，把生活说成“处于月亮引力下大海的颤动”，从而与上面的比喻保持一致。这正是巴尔蒙特所说的诗歌内容之间的相互联系与交织。同样是生活，诗人先后用了两个喻体，这就鲜明地表达了生活的变动不居。诗人认为包括莲花、烟云以及梦这些尘世中的万物“属于所有人又不属于任何人”。很显然，这些哲理性很强的句子如果没有相应的意象为喻体，就不会成为诗。

第三节当中存在着两组对应关系：在蜘蛛与蛛网和笨拙与轻盈之间，在画家与作品和变化与永恒之间。也就是说，笨拙的蜘蛛可以编织出轻盈的网，画家的创作可以将变化固定为永恒，这就从另一个层面揭示了生活的复杂性。最后一节是全诗的总结，其形象性骤减，议论性锐增，几乎完全成了诗人观念的直接表达。但由于和前面的形象形成了对应关系，因而在深化主旨的同时仍不失诗意。

（程一身）

我沿着初雪漫步

〔俄国〕叶赛宁　刘湛秋　茹香雪　译

我沿着初雪漫步，
心中的力量勃发像怒放的铃兰，
在我的道路上空，夜晚
把蓝色小蜡烛般的星星点燃。

我不知道那是光明还是黑暗？
密林中是风在唱还是公鸡在啼？
也许田野上并不是冬天，
而是许多天鹅落到了草地。

啊，白色的镜面的大地，你多美！
微微的寒意使我血液沸腾！
多么想让我那炽热的身体，
紧贴白桦袒露的胸襟。

啊，森林的郁郁葱葱的浑浊！
啊，白雪覆盖的原野的惬意！

多想在柳树的枝杈上，

也嫁接上我的两只手臂。

如果选一首带有浪漫主义和神秘主义色彩的俄罗斯诗歌，那不得不提诗人叶赛宁（1895—1925）的诗了。这首《我沿着初雪漫步》正是叶赛宁极具乡村特色的诗歌之一。

叶赛宁的诗歌多用新奇多变的比喻，且看一下这首诗中喻体的多样性，他喜欢把静物或者类似静物的名词罗列在一起，比如“怒放的铃兰”，用于表达“我”心理的张力和爆发力；他还写到“星星”和“蓝色小蜡烛”，用来表达雪夜的静谧与美好。在静物之中“动”的因素也不容忽视，比如“怒放”和“点燃”，乡村静物画透露出的某种恬淡的生机让读者心动不已，这也是叶赛宁诗歌的魅力所在。

天鹅的优雅和高贵尽人皆知，诗人们竞相把天鹅比喻成雪，谁曾想过把雪比喻成天鹅？一个能把积雪的原野想象成“天鹅落到了草地”的诗人，非叶赛宁莫属。在诗歌的第二节，不仅有着令人称奇的“天鹅”比喻，还有诗人笔下渲染的密林那不可捉摸的神秘性，风的声音和骄傲公鸡的啼声，杂乱而模糊地存在于密林中。光明和黑暗，密林和雪原，都带着鲜明的色彩对立。

到了诗歌的第三节，带有俄罗斯特色的诗歌激情随着诗行一并迸发，我们仿佛能看到忧郁的诗人仰天长啸的吟咏，强烈的对比又激化了诗歌的内在活力。比如“微微的寒意”和“血液沸腾”，“炽热的身体”和“袒露的胸襟”，这种让人略感震撼的对比大大增添了叶赛宁诗歌的魅力。另外，诗人叶赛宁还常常使用独特的交感手法。同样，诗人加之惊叹“啊，白色的镜面的大地，你多美！”更加强化了自己与天地的对话关系。

也许，正是因为诗人叶赛宁出生于一个农民家庭，成长在乡村，这样才更体会到了大自然的亲近与美好。他天生就是自然的使者，最合适不过的田园诗人，俄罗斯民族的苦痛被他巧妙地转换成某种有关自然的隐蔽的表达方式，率真地咏唱出来。在诗歌的末尾，他甚至疯狂地大喊对自然的热爱："啊，森林的郁郁葱葱的浑浊！/啊，白雪覆盖的原野的惬意！"看来诗人恨不得自己也化身为自然界的某种植物，用炙热的情感迎接凛冽的寒风，享受着美丽的林海雪原。

总之，这是一首能代表诗人典型乡村风格的诗歌，也应该是一首让我们感动的诗。诗人是一个善于捕捉意象的高手，寥寥几笔就把初雪过后、寒风拂面、星光点缀的夜晚表现得淋漓尽致。全诗描写了初雪过后乡村静美的景色和"我"对乡村自然风光的热爱之情。全诗的整体气息就像初雪过后的寒风一样清新、自然。

（灵犀）

故乡之夜

〔苏联〕鲁勃佐夫　王守仁　译

潭水深邃。橡树高耸。
四外一片宁静的阴影。
今宵啊，万籁俱寂，
仿佛大自然从未受过震惊！

这儿一切都那么寂静，
仿佛农家的屋顶从未听过雷鸣！
潭边不曾有风儿扬起，
场院里的垛草也不曾沙沙作声。

睡眼惺忪的秧鸡难得再叫……
我已归来，往事却一去无踪！
啊，奈何？但愿此景常在，
但愿此瞬永恒。

如果厄运不再惊动心灵，
就像那影儿一样悄然移动，

四外是这样寂静啊，
恰似人生不再出现震惊。

尽可将整个心灵
沉入那神秘的憧憬；
令人清醒的哀愁却笼罩心灵，
宛如溶溶的月色笼罩寰中……

尼古拉·鲁勃佐夫（1936—1971）被认为是叶赛宁诗风的继承者，《故乡之夜》可以视为他的代表作。这首诗着力营造了一种宁静的氛围，只有故乡才有的宁静氛围。这种氛围固然来自诗人对故乡的感受，事实上更是诗人内心的渴求，是故乡平静的风物和诗人宁静的心灵的相遇与契合。

但是，如果仅仅看到平静，还不能真正理解这首诗。因为诗中明显存在着一些和平静相对的词句。尤其是以下这些句子：

仿佛大自然从未受过震惊！
仿佛农家的屋顶从未听过雷鸣！
恰似人生不再出现震惊。

围绕着诗人营造的平静氛围，这些句子无疑提供了更加丰富的信息，而且是直接来自诗人内心的信息。这三句诗依次写了“大自然”“农家的屋顶”和“人生”，诗人所用的界定词语分别是“震惊”和“雷鸣”，这两个词前者侧重心理，后者侧重物理，但都是与“平静”意思相对的词。诗人对这两个词的使用极其巧妙，首先看前两句“震惊”和“雷鸣”前面的限定词，它们分别是“从未受过”“从未听过”。这就把所谓的

“震惊”和“雷鸣”完全否定了，并因此进一步强化了诗中的平静氛围。但是，诗人又把整个句子置于“仿佛”这个限定词当中，意义是以下所述并非真相，或者至多是个愿望。这就使得诗意再次游离于平静的氛围之外。诗歌的这种复杂性自然来源于诗人生活的复杂性，具体地说，故乡的平静与诗人的平静只是部分地重合，实际上它们都同时存在着一些不平静的因素。在我看来，更加关键的是第三句：“恰似人生不再出现震惊。”这里的“震惊”显然不同于第一句中的“震惊”，因为它针对的不是自然物，而是诗人的心灵。尤其值得注意的是，“震惊”之前的限定词并非“从未受过”，而是“不再出现”。其中具有明显的时间差异，也就是说，“从未受过”针对的是过去，是过去“从未受过”，而“不再出现”针对的却是未来，意思是从此以后“不再出现”。同样的，这个句子仍然处于一个与“仿佛”相近的词语“恰似”的限定中，意思是由于和故乡的接触，“我”获得了极大的保护和安慰，这让“我”相信自己的人生将不再出现震惊。但是，诗人很清楚这种相信只是一种尚未实现的心愿，所以他用了一个“恰似”。由此可见，“仿佛”也好，“恰似”也罢，在这里都不是比喻词，而是一种内心愿望的虚拟陈述。

（程一身）

在地铁车站

〔美国〕庞德 杜运燮 译

人群中这些面孔幽灵般显现
湿漉漉的黑枝条上朵朵花瓣

庞德的诗学对现代英美诗歌的发展具有重大的作用。20世纪初，他通过对意象派诗的支持，对传统诗学进行了冲击。他说一个意象要在转瞬间呈现给人们一个感情和理智的综合体，也就是说意象的形成意味着感情和理智突然结合成一个综合体。而他最著名的这首《在地铁车站》则是整个意向派甚至是现代主义诗歌的奠基之作。

我们可以想象一下诗人写作的背景：像蛛网一样布满天空的电线，忙碌而无秩序的马车，高大而灰色的砖瓦建筑物，杂乱繁多的小商品杂货店，以及戴着帽子赶路的人，这是一个社会转型时期遗留着恐慌的年代。诗人每天都要感受这僵硬而机械的生活，每天都要面对产业革命所带来的孤独和陌生，对生活产生了巨大的紧张感。这种紧张感就促生出了“诗意”，据资料说，庞德在写这首诗时进行了多次修改，最后把原本三十行文字缩减到两行,虚实相生,对比深刻鲜明,从而在诗歌史上大放光彩。

庞德是一位喜欢研究中国文化的西方诗人，庞德笔下的人群中那些明丽如花朵的面孔，是属于意境性形象的范畴。他所采用的情与景的对立和协调、意象的真实和外延，都属于中国古诗的基本写法。像诗中的以“花瓣”来比喻人的“脸部”，如果说这是诗人源于生活的经验，那么从这延伸出去的“枝条”则属于诗人诗性的想象和创造，他甚至可以引导着读者不自觉地进行再生思索，从而起到“意象”的震颤效果。

当庞德脱离了意象派而热衷于旋涡主义运动时，他又发展了这个关于意象的观点。他说意象并非一个思想，而是一个发光的结节，一个旋涡，很多思想不断地从其中升起，或沉入其中，或穿过它。诗人对于意象的这种特殊功能的解释，对现代诗的结构产生了很大的影响。

（未白）

因为你问起散文和诗的分野

〔美国〕奈莫罗夫　阿九 译

麻雀在冰冷的细雨中觅食；
就在你注目观看之际，雨变成朵朵雪花
沿着看不见的曲线飘下来，
从银灰的栽落变为漫卷、洁白和舒缓。

虽然你也说不准，可总会经过那么一个瞬间，
然后它们肯定是在飞，而不是飘落。

如果只看这首诗的内容，诗人是在咏雪，与题日似乎并无关联。但诗人的巧妙之处也许就在这里。诗中出现了三个意象：“麻雀”“细雨”“雪花”，诗人把颂扬的重笔落在了雪花上。在冰冷的雨中觅食的“麻雀”或许象征着正在辛苦写作的诗人，而正值自己苦苦寻觅之际，他看到“雨变成朵朵雪花”，也找到了“诗”的灵感。这首短诗名义上是写“雪”，实际上则是在写“诗”。“雪”是诗人奈莫罗夫（1920—1991）比较喜欢的意象，而在他心目中，“雪”和“诗”又具有相似的特点：

轻灵而舒缓，并象征着纯洁和神圣。

几乎在每一个诗人的心中，诗歌都是至高无上、无可比拟的。也有很多诗人都写过赞颂诗的作品，有将诗比作爱情的，有比作生命的，有比作神明的，他们在自己的诗中欢乐着，痛苦着。而在这首诗里，奈莫罗夫用的是咏雪的形式，一句也未提及诗，但他却表达了自己对诗的执着与爱。这也可谓是“不着一字，尽得风流”的注脚了。

诗的最后两句也是整首诗最能表达作者感情的诗句。“总会经过那么一个瞬间，/然后它们肯定是在飞，而不是飘落。” 这，就是诗了。诗就是那一瞬间的想象和灵感，是心灵的顿悟和升华。因为“诗”在诗人的心目中永远是高扬的，所以雪也不再是现实中飘落的雪了，而成为被诗人赋予了神性的东西，这样，“飞”才具有了升华的意义。

再回到诗的题目，“因为你问起散文和诗的分野”，这是一个难以回答的问题，诗人就借助了一些意象。为了表现和形容诗，要使用怎样优美的意象才能配得上呢？她要纯洁、精致、空灵和完美，或许在诗人心目中也只有雪了。无论是诗人说起诗时想到了雪，还是看到雪时想到了诗，雪和诗在这里都已经达到了完美的交融。这样，诗人赋予二者的相似性就留给了读者很大的审美空间，也引发了我们许多美丽的遐想和思考。

有人说奈莫罗夫的诗“严肃而带有玄学诗的机智”，这是一个中肯的评价。《因为你问起散文和诗的分野》这首诗短短数行，却写出了雪的诗意和诗的高度，并且“诗”和“雪”互为阐发，二者均具有了让人神往的唯美想象。这首诗表达含蓄而又情感真挚，也使我们每一个读懂它的人随着它进入了一个全新的境界。

（李娟）

思念

〔阿根廷〕博尔赫斯　林之木 译

整个生活至今仍是你的镜子，
每天清晨都得从头开始：
这种境况难以为继。
自从你离去以后，
多少地方变得空寂，
就像是白天的日光，
完全没有了意义。
你的容貌寓寄的黄昏，
伴随你等待我的乐声，
那个时候的千言万语，
我都将亲手从记忆中涤除荡净。
你的不在就像是
恒久地喷吐着无情火焰的骄阳，
我该将自己的心藏于何处
才能免受炙烤灼伤？
你的不在萦绕着我，
犹如系在脖子上的绳索，

好似落水者周边的汪洋。

博尔赫斯的《思念》以奇崛的构思表现了一种日常化的情感，令读者在陌生的环境中见到熟悉的景致，久久荡漾在一位诗人制造的深广奇异的情感海洋里。

诗歌第一句极具统摄力："整个生活至今仍是你的镜子"，"整个生活"囊括了"你"离开"我"之后的所有空间，"至今"则表明"你"离开"我"已不止一日。二者纵横交织，从时空两个维度揭示了你的离去对"我"造成的影响："整个生活至今仍是你的镜子"，意思是自从"你"离开"我"之后，"你"仍然映照在"我"的生活里，"我"生活中的一切无非是"你"的一面镜子。仅此一句就可以看出诗人的功力。

离别愈久，思念愈深，而时间愈是难挨。"每天清晨都得从头开始"，这似乎是一句多余的话。事实上，这里的"从头开始"写的是一种心理感觉，而不是一种物理事实。也就是说，只有那些因离别而失眠的人才会观察到每一天的清晨如何流布它的曙光；而相拥相抱的情人黎明时分还在酣眠之中，他们的清晨并非"从头开始"。正是这种逐日消磨的思念和失眠让诗人深切地感到"这种境况难以为继"。

随后具体描绘了"你"离去之后"我"的日常生活形态。貌似写"你"，其实是在写"我"，写"我"对"你"的思念。尽管比较简单，但是还需要注意诗人表意的复杂性。如下面这节："你的容貌寓寄的黄昏，/伴随你等待我的乐声，/那个时候的千言万语，/我都将亲手从记忆中涤除荡净。"

在这里，"你"与"我"，现实与记忆已经达到了难解难分的地步。"你的容貌寓寄的黄昏"，这一句写的是此刻"我"眼前的黄昏，但其中却寓寄着"你的容貌"。"伴随你等待我的乐声"这一句尤其复杂，因为它把“我”和“你”的相互思念合并成了一句。简言之，该句主干是“伴随乐声”，这是诗人在黄昏中听到的乐声，然而，诗人却在“乐声”前加上了“你等待我的”，这就意味着此刻不仅“我”在思念着你，“你”也在思念着“我”。后两句将过去的厮守与现在的思念交织在一起，诗人表示他要竭力遗忘对“你”所有的记忆，从而达到稀释眼下思念浓度的目的。

在以下的诗句中，诗人采用了另一种令人惊异的方式，以“你的不在”写“你”的存在，并打了一系列比喻，有力地表现了“你的不在”之在：“你的不在萦绕着我，/犹如系在脖子上的绳索，/好似落水者周边的汪洋。”

事实证明，用这种否定式思维的正向表达来描述思念是再贴切不过的了。“你的不在萦绕着我”，“你的不在”写的是离别，“萦绕着我”写的是思念，与“你离开了我我思念你”相比，这句诗具有强大的魅力。更绝的是，接下来诗人以实写虚，将“你的不在”比成“系在脖子上的绳索”（不可摆脱）和“落水者周边的汪洋”（不可泅渡），表现了无数思念者的现实处境和内心真实。

（程一身）

白夜

〔苏联〕别尔别罗娃　汪剑钊 译

钟摆停止。
天平伫立。夜晚比白天更明亮。
再也没有了时间。来自大海与火焰的
霞光静止不动。沉默
沿着这些河岸站立，恰似寂静。
再也没有了时间。月亮高挂
在天镜上。空气晴朗，
静止不动。天平伫立。
没有年轮的重负，没有可怕的灾难的重负，
海鸥在低空飞行。
平衡。哦，平衡是多么可怕，
清心寡欲让我的心灵感到可怕。

在每个人的生命之初，白昼和夜晚的界限是十分鲜明的。但是，随着无数个日日夜夜的单调重复、无限轮回，不少人的白天和夜晚逐渐失去了界限，并且就那么一直生活在“白夜”

之中，混沌而不自知，直到他突然觉醒的那一天。对于这种生活在“白夜”状态中的人来说，读一读别尔别罗娃（1901—1993）的《白夜》，也许能让自己突然被它唤醒。

《白夜》所写的既是一种人生状态，也是一种心灵状态，许多人置身于其中已完全麻木，然而，诗人却是警醒的，她正是在意识到自身的平庸无为之后才写出了试图摆脱这种状态的诗歌。也就是说，平庸感以及对平庸的克服意识构成了这首诗的基本冲突。在作品中，诗人用一系列意象喻指日常生活中的平庸：“钟摆”“天平”“霞光”“月亮”“空气”无不处于静止状态，这些意象如此精辟，以至于让人相信“白夜”就是一种虽生犹死的生活，这足以震动敏感读者的心灵。尤其难得的是，这首促人警醒的诗并无说教之词，而是完全出于诗人对自身生活的提炼和描述，简洁有力的语句与促人警醒的主旨相得益彰。

值得注意的是，诗人选取的意象是有层次的，首先是对时间的侧重：“钟摆停止”“霞光静止不动”“月亮高挂在天镜上”，这些意象的总体效果是让人认为运动取消了，生命取消了，时间也取消了，正如诗人所说的，“再也没有了时间”。其次，诗中的意象还从生活空间方面暗示了一种被寂静笼罩的强大氛围：“天平伫立”（出现了两次，像单调的日子一样在重复，并预示着后文出现的“平衡”），“空气晴朗，静止不动”，沉默的人随同寂静的河岸站立在一起。

接下来，诗人从正面描述转入反面书写：“没有年轮的重负，没有可怕的灾难的重负”，在这里，“缺乏重负”与“无所作为”几乎成了一组同义词。还有，海鸥为什么“在低空”飞行？因为它缺乏重负，所以缺乏对重负的抵制和反冲力。事实上，重负与对重负的抵制固然是一种冲突，却同样具有平衡的可能，但只能是动态平衡，而不是完全静止（“天平伫立”，平衡即静止）。正如诗人所意识到的：生活的可怕源于人的清心寡欲，所以，可怕的并非生活的静止，而是心灵的死灭。只有唤醒沉睡的心灵并激发它的潜力，才能克服生活的静止，告别人生的“白夜”。

（程一身）

在寂静大地的怀抱里

〔尼泊尔〕珍黛妮·沙阿　陈敏毅 译

在寂静的大地的怀抱里
我和你单独偎依在一起
消失在无形的万籁俱寂中
在你、我和大自然里
我欣赏着一支乐曲
它是人生最美妙、最动人的乐声
那样甜蜜，那样醉人，回荡不息

当你的双眸告诉我
你内心世界的全部感情
那时
我的整个世界骤然聚凝
尔后
跃入你的眸子
出现在你的眼里、你的身上、你的四周
在那里，我让你从各种角度把我看清

让你枕着我的影子

酣睡般地合上你的双眼

让你忘却我的眼泪、欢乐、幸福和痛苦

在你面颊上绽出安然的光润

透过生命、死亡和创造的晕轮

我将看到已经溶于你的我自己

在看到这首诗歌的时候，感到刹那间的惊艳。诗歌的作者是一位女性，珍黛妮·沙阿，更值得一提的是，她是尼泊尔的王后。

“寂静的大地”对于读者来说是静观的对象，两个人的偎依和苍茫辽阔的大地形成了某种鲜明的对比。因此“消失在无形的万籁俱寂中”，两个主体建立了自己的经验世界，而这个世界是基于“大地”而存在的。接着，这位王后率性地抒写了爱情的甜蜜与天地之间的空灵美好，她把爱情喻为天籁之音，“甜蜜”，“醉人”，“回荡不息”。

诗歌的第二节，平实的写真语言将感情进一步升华，时间的维度可以停滞不前，世界瞬间就变为了一维的世界，除了“我”和“你”，一切如同湮灭，同时尼泊尔诗歌那易于吟诵的格律特色也一览无遗。

在诗歌的最后，安详的爱成为诗歌的主题，与此同时，生命和死亡在爱情中也渐次升华。“我的眼泪、欢乐、幸福和痛苦”都是可以被忘却的，在纯粹的爱情宣言之中，主体感受发生了微妙的变化，也就是只需“合上你的双眼”，就拥有了整个世界。安然地睡去正是某种意义上爱情的重生，“面颊”上的光晕，也是具有美感的感性显现，看来诗人显然是把这个重生的过程分为三种不同的状态：生命、死亡和创造，这打破了生存与死亡的二元对立，通过“创造”的“晕轮”，我们可以看到爱情的气息渗入生命的过程。最终，这种决绝的带有巨大力量的爱情使得“我”和“你”相溶在一起，不分彼此。

（邱婧）

图书在版编目（CIP）数据

精美诗歌最新读本 / 杨守森，耿占春主编. —济南：山东友谊出版社，2016.4

ISBN 978-7-5516-1037-7

Ⅰ. ①精… Ⅱ. ①杨… ②耿… Ⅲ. ①诗集—世界 Ⅳ. ①I12

中国版本图书馆CIP数据核字（2016）第072320号

主管单位：山东出版传媒股份有限公司

出版发行：山东友谊出版社

地　　址：济南市英雄山路189号　　邮政编码：250002

电　　话：出版管理部（0531）82098756

市场营销部（0531）82098035（传真）

印　　刷：山东临沂新华印刷物流集团

版　　次：2016年4月第1版

印　　次：2016年4月第1次印刷

规　　格：170mm×240mm

印　　张：10.5

字　　数：140千

定　　价：20.00元
